GOBOOKS & SITAK GROUP©

三日月書版

黑蓮花攻略手冊
參
白羽摘雕弓 著
九品 繪
輕世代
FW365
三日月書版

HEILIANHUA

GONGLYUE SHOUCE

# 目錄

CONTENTS

HEILIANHUA
GONGLYUE SHOUCE

MIAO MIAO LING
淩妙妙
穿越成為官家千金淩虞的大學女生。
嬌俏可愛，聰明開朗。
心直口快，有點怕痛但能吃苦。
CHARACTER FILE

SHENG MU
慕聲
名門捉妖世家公子。
城府深沉，口是心非。
對姐姐慕瑤抱持著超越手足的情感。
CHARACTER FILE

第十一章
楚楚

HEILIANHUA
GONGLYUE SHOUCE

鳥雀啁啾，在窗子外叫個不休，簡直像是在吵架。

用早膳的時候，只見李准，不見十娘子人影。

「夫人的身體好些了嗎？」慕瑤淡淡問道。

李准面帶憂色，心神不屬，「不知為何，十娘子昨夜頭痛欲裂，一個晚上沒睡好，只怕今日也需要臥床靜養。」他喝了一口茶，無不煩躁，「平時也沒見過她有什麼頭疼腦熱，這一次怎麼——」

柳拂衣點點頭，「李兄先不要打擾她，讓她多睡一會。」

眾人心知肚明，十娘子不舒服，多半是鎮妖的符紙起了作用。一旦她卸去防備，渾渾噩噩地走出房門，便會被門外那七殺陣牢牢困住，只能束手就擒。

他們要做的，便是保守祕密按兵不動。

淩妙妙的眼底兩道青紫，腦子裡還有些昏昏沉沉。

她沒想到，昨天去廚房拿的兩瓶燒刀子居然這麼烈，慕聲也不按牌理出牌，竟跟她同壺而飲搶酒喝，害她活生生喝斷片了。

柳拂衣早起不見妙妙的人影，敲門又沒人應，推開門一看，見她在慕聲的床上睡得人事不省，魂都嚇飛了。連忙將她撈起來，一碗醒酒湯灌了下去，搖晃她的肩膀。

她一睜眼，柳拂衣便滿臉緊張地問，「昨天晚上……沒事吧？」

妙妙尚在迷茫，頭髮亂得像鳥窩，「嗯？」

「怎麼能喝這麼多，昨夜阿聲沒欺負妳吧？」

「柳公子，說話要注意。」少年抱懷立在門口，拉出纖長一道影，潤澤的黑眸盯著她的臉，滿眼嘲弄，「淩小姐半夜來我這發酒瘋，哭鬧著霸占了我的床，到底是誰欺負誰？」

妙妙瞪大了眼睛。

「妙妙，梳頭水不要用那麼多，滿屋子都是香味，聞多了反胃。」他不理會滿臉驚愕的柳拂衣，朝著妙妙譏誚地一笑，轉身進了廳堂。

這頓飯所有人吃得各懷心思，幾乎都是機械式地往嘴裡遞著米，精緻茶點變得索然無味，甚至有些難以下嚥起來。

因十娘子病著，李准悶悶不樂，早早道一聲抱歉便下了席，說是要回去照看十娘子。他病著時，十娘子總是這樣衣不解帶的照顧，現在她病了，他實在沒有辦法再與客人興高采烈地談天說地。

十娘子的房間被貼了符，已成為她的牢籠，無辜的人進去多有不妥。柳拂衣剛想阻攔李准，乳娘突然抱著楚楚，急匆匆地從屏風後面閃出來，「老爺，看看小姐吧，小姐不肯喝藥！」

乳娘兩頰上全是汗珠，小心地將楚楚遞過來。小女孩的嘴唇發紫，還在顫動著，眼睛半瞇，小小的臉一片慘白。

李准急道，「楚楚，妳怎麼這麼不乖，為什麼不喝藥？」

「爹爹……」她伸出白生生的手臂要抱，李准將她接過來，滿臉緊張地看著女兒。她寶石般熠熠生輝的黑眸裡盈滿淚水，許久才斷斷續續地囁嚅，「爹爹，我做惡夢，我好怕……」

「不怕不怕，爹爹抱。」李准拍著楚楚的後背，感覺她的身子一陣陣發顫，著急起來，忍不住對乳母喝道，「還愣著幹嘛？把藥端來！」

周遭幾個人都圍著楚楚，瘦弱的小女孩像小雞一樣發著抖，即使被父親抱著哄著，也沒能讓她看起來安定一點。

乳母急匆匆將藥端了過來。褐色的藥盛在白瓷碗裡，乳母腳步快了些，幾滴藥汁灑在托盤裡，猶有異香。

慕瑤感到有些奇怪，「這藥——」

柳拂衣阻止她說下去。李准正輕聲慢語地哄楚楚喝藥，他眉頭緊蹙，拿勺的手有些顫抖，見她一勺一勺喝下了藥，這才安下心來長吁一口氣。

「楚楚，以後不能不喝藥，知道嗎？」

小女孩在他懷裡怔怔點頭。

李准將空碗和勺放到乳母端著的托盤上，揉了揉眉心，放輕了聲調，「剛才我也是急糊塗了，先下去吧。」

乳母遲疑地站在原地，察言觀色半晌，才有些畏懼地道，「老爺，藥……好像喝完了……」

李准剛放鬆下來的表情立即又緊繃起來，「怎麼不早說？」

「我也沒注意……」乳母急得要哭了，囁嚅道，「前兩天還有許多，今天再一看，已經是最後一包了……」

李准半刻都沒有耽擱，沉著臉站起身，接過小童遞來的外裳在自己身上穿好，「柳兄，我得出門一趟。」

「李兄這是要去給楚楚買藥？」柳拂衣有些詫異，「現在就出發？」

「唉，柳兄有所不知。」李准煩悶地擺了擺手，拉拉領子，「藥鋪在鎮上，離我們涇陽坡遠得很。我現在出門還得在外過一宿，明天才能回來。」

他俯身憐愛地看了看楚楚蒼白的臉，將她細軟的髮絲別到耳後，這才抬起頭看柳拂衣，「楚楚這病需每日喝一碗藥，斷不得。」

柳拂衣點點頭，幫忙遞給他一把廳堂裡掛著的油紙大傘，「那李兄派個童子去便是，何必親自跑一趟？」

「唉，這事非得我去不可。」李准接過傘要出門，又折回來，在几案下多抓了一把銀錢，有些無奈地笑笑，「這藥乃是內人配的祕方，我答應她不示外人，只能親自去抓，還要跑幾家藥鋪分別抓來才行。勞煩柳兄幫忙照看楚楚了。」

李准抛下這句話，便急匆匆地出了門。

慕瑤和柳拂衣面面相覷，想要看那盛藥的碗，乳娘卻已經把碗端去了廚房。

妙妙覺察到空氣中殘留的一點苦澀，澀中帶著異香，嘟囔道，「這藥好香……」

「是血。」慕聲望著她答，語氣淡淡，「是妖怪心頭血的味道。」

李准匆匆出發之前，交代下人要給十娘子送飯。李府的廚娘特地準備了一份小米粥端進去，不到十分鐘又原封不動地端出來，臉上寫滿了鬱結。

「怎麼了？」慕瑤停下夾菜的筷子，詢問那端著托盤站在屏風前發呆的廚娘。

廚娘指指十娘子房間，壓低聲音，「敲門沒人應，推了門一看，夫人背對我在床上躺著，帳子都沒掛起來，看樣子還沒醒。」頓了頓，又有些愁苦地道，「都躺一整天了，會不會出了什麼事啊？」

她在圍裙上擦了擦手心的汗，滿臉擔憂地問，「老爺不在，幾位方士見多識廣，需不需要我去請個郎中……」

「暫時不必。」慕瑤微微一笑，安撫道，「妳先下去吧，過了今天要是還沒有好轉，再去找郎中。」

胖胖的廚娘沒什麼主意，「唉」了一聲，端著托盤回了廚房，嘴裡嘟囔著，「熬得爛爛的小米粥，可惜了呢……」

楚楚坐在柳拂衣膝上，正張口吃他餵的蝦，忽然閉上嘴。

柳拂衣拿起手巾給她擦了擦嘴，柔和地問，「不吃了嗎？」

吃過藥以後，楚楚的臉色恢復了正常，幾乎看不出病色。她乖順地任柳拂衣幫她把嘴擦乾淨，望了他一眼，似乎有話要說。

「楚楚，還有哪裡不舒服嗎？」慕瑤的語氣有些緊張。

慕瑤和柳拂衣兩個人，一個抱著小女孩擦嘴，另一個拿著小勺隨時準備餵湯，配合得很有默契。若不是淩妙妙知道內情，真的會以為他們二人是一對恩愛的年輕父母。

淩妙妙扭過頭，饒有興趣地觀察慕聲，只見他長長的睫羽傾覆下來，正端著碗認真吃飯，沒對眼前場景做出什麼過於激烈的反應。

她有些失望地托腮仔細盯著他，想從他臉上看出點端倪來，不料慕聲忽然抬眼，兩人的目光便撞在一處。

少年被盯得有些難以下嚥，這才忍不住抬了眼，只見她眼眸顫了一下，像是被發現的小鹿，生動至極。

他的心猛地跳了一下，立即低下眼，掃視桌子上的幾盤菜，似乎在飛速地考慮要從哪一盤裡夾菜來堵她的嘴。

淩妙妙已經從他有些不對勁的動作未卜先知，立即移開臉警惕道，「我不要——」

慕聲手一顫，原本夾起的胡蘿蔔掉了下來。他抬頭望她一眼，雙眸黑沉沉，妙妙被他這樣一看，嘴裡的話立即拐了個彎，「我不要吃胡蘿蔔……要吃雞！」還配合地伸出碗。

慕聲的神色不經意地放晴，轉而夾了一塊鹽酥雞，丟進她碗裡，有些僵硬地別過臉，「吃妳的飯，別到處亂看。」

他心裡卻在遊神想著，兔子居然不吃胡蘿蔔，真令人驚奇。

兔子動著三瓣嘴開口，「我最討厭胡蘿蔔了，尤其是煮熟的胡蘿蔔。」她邊吃雞邊憤憤地盯著桌上的胡蘿蔔牛腩，彷彿看見了宿敵。

那是當然，慕聲心想，哪有兔子喜歡吃煮熟的胡蘿蔔。

妙妙吃著吃著，瞥了一眼慕聲的神色，發覺他低垂的眸中竟然隱約帶著笑意，心裡頓時詫異萬分。

柳拂衣和慕瑤都在他面前一副恩愛小夫妻的模樣了，他居然還笑得出來？

完了，黑蓮花氣出毛病了。

「楚楚是不是有話想對慕姐姐說？」慕瑤餵了半碗湯，但楚楚心不在焉，還嗆了兩回，黑亮的眼一直盯著她，似乎欲言又止。

楚楚猶豫了一下，用小手解開自己的衣裳，「唰」地向上一拉，雪白的肚皮上貼著幾個鼓鼓的牛皮紙包。兩隻眼睛怯怯地盯著慕瑤，似乎在觀察她會不會生氣。

慕瑤的笑容僵在臉上，一時語塞。

半晌，柳拂衣又好氣又好笑地把那幾個紙包一個個拿下來擺在桌上，摸了摸她的腦袋，「是妳故意把藥藏起來了？」

楚楚怯怯地點點頭，似乎有點委屈又有些懵懂，「我不想讓爹爹去看十姨娘……」她想了想，眸中露出幾絲恐懼，「昨天晚上十姨娘頭昏，沒有變漂亮姐姐的臉。爹爹要去看她，她就把臉藏在被子裡，很凶地將爹爹罵走了。」

因為楚楚身體虛弱，可能發生危險，李准不放心假手他人，刻意將她的床安置在自己和十娘子房間裡，中間只用屏風隔開。年幼的楚楚隔著屏風屢次看到十娘子「變臉」，可能留下了嚴重的心理陰影。

慕瑤嘆了口氣，無奈地摩挲著她柔軟的髮頂。

天色漸暗，暮色四合，轉眼已經到了傍晚。

十娘子一整天一步也沒有踏出房門，不吃不喝不說話，令主角一行人束手無策。

按照先前的計畫，他們應該在傍晚出門去探查製香廠了。可是柳拂衣懷裡還坐著說什麼都不肯去休息的小女孩，猶自瞪著一雙大眼睛，怯怯地依偎著柳拂衣，小手還抓著他的衣襟，生怕一睡著便會被丟下和十娘子獨處。

李准不在，下人們拿不定主意，柳拂衣是她現在唯一可以依靠的人了。她既已幫主角一行人貼了符咒，就是正面與十娘子為敵，一旦被發現後果難以預測。

因為這個緣故，主角一行人也不放心將她一個人留在李府。幾人商議了一下，柳拂衣道，「這樣吧，我們帶著楚楚一起去……」

慕瑤被楚楚晶亮亮的眼睛盯著，沒有立即表示反對。

反倒是慕聲有些不情願，「阿姐，路上艱險，她又有喘症，恐怕不太方便。」

楚楚小嘴一撇，眼裡委屈不堪，轉頭趴在柳拂衣懷裡，「我怕這個哥哥……」

慕聲冷笑一聲扭過頭，黑眸望著窗外，不再言語。

慕瑤看了看楚楚瘦弱的脊背，似乎是下定了決心，「不礙事，這路上我來照顧她。」

楚楚立即坐直身子，揉揉睏倦的眼睛，拍了拍手，「太好了，我可以去遛達了！」

夜黑風高，一行四人帶著楚楚，踏上了「遛達」的險路。

柳拂衣伸臂托著楚楚，慕瑤站在一旁，伸出纖細的手指，溫柔地整理小女孩披風的領子。月下荒草泛著銀光，旁邊是潺潺的溪流。這幅剪影溫馨和諧，繾綣萬分，簡直像是一幅歲月靜好的畫。

相比之下，他們身後的慕聲半隱沒在黑暗中，心不在焉地踢著腳下的石子，是孑然一身的夜路旅人。

微涼的夜露順著植物的葉子流下來，「啪」地滴落在手背上，弄得他滿心涼意。他將葉子扯下來在指尖揉著，忍不住回頭尋覓少女的身影。

凌妙妙快走了兩步跟上他，黑白分明的杏子眼恰好看過來，夾襖上毛絨絨的領子襯著她紅撲撲的臉。她伸出兩手，竟然戴著一雙線織的手套，活像是小老虎伸出兩隻寬厚的爪子，「慕聲你看，我穿了秋天的襖子！」

他低眸掩住眼底浮出的一絲暖意，低低應一聲，「嗯。」

凌妙妙非常失望，「你怎麼這麼心不在焉啊，是不是凍著了？」

她拉開慕聲的披風，抓住他的衣角捏了幾下，口中念念有詞，「穿這麼少，慕公子是買不起冬衣嗎……」她俐落地將自己的手套脫下來，朝他揮了揮，「我爹爹織給我的，可暖和了。吶，你試試？」

黑衣少年慢慢將袖子從她手裡扯出來，別過頭去，頓了許久才道，「妳自己戴著吧。」

凌妙妙呼出一口白氣，有些惆悵地拍了拍手套，內心嘆息黑蓮花好高傲冷漠。

涇陽坡的夜晚很安靜，天空如濃稠的墨汁傾倒，黑得純粹而曠遠，滿天大大小小的星星泛著淒涼的冷光。在陰陽裂的作用下，秋蟲停止長鳴，偶爾傳來詭異的窸窣聲，似乎有很多看不見的東西在樹後談笑。

夜裡蟄伏的妖物都出來透氣了。好在楚楚已經在柳拂衣懷裡睡著了，沒聽見這些令人毛骨悚然的聲音。

潺潺的水聲越來越近，偶爾伴隨著咕嘟咕嘟的氣泡冒出。走在前面的慕瑤和柳拂衣停下來，眼前流水在月光下泛著粼粼冷光，風吹動河邊青草，沾溼了植物的半腰。

又到了過暗河的時候。

慕瑤打頭陣開路，柳拂衣抱著楚楚緊隨其後。他回頭望了妙妙一眼，剛準備說什麼，只見慕聲早已自然地彎下腰，兩手撐在膝蓋上，風吹動他的髮帶，彷彿展翅欲飛的蝴蝶，不經意落在他黑亮的髮上。

光風霽月的柳大哥看到這一幕，欣慰地閉上嘴，唇畔浮現了神祕的微笑。

慕聲的腰彎得自然，凌妙妙趴得更自然，熟練得就像騎上自己的老伙伴馬駒。她摟住他的脖子借力，慕聲便將妙妙的膝彎一托，輕巧地背在了背上，邁腿「嘩啦啦」地踏入暗河。

水下饑餓的妖物被生人吸引，瞬間圍攏過來。

慕聲無聲無息地盯著水面，手中符紙不斷地打入水中，角度刁鑽又狠又準，彷彿一條條梭子魚，只發出了輕微的噗哧聲，連水花都沒濺起多少。

他三心二意地打妖，還留著耳朵聽背上的少女說話。可是淩妙妙今天異常安靜，他左等右等就是不見她開口。正在納悶，就聽見她說了今天在他背上的第一句話，還是一種格外惆悵的語氣，「慕聲，你說我什麼時候才能自己過暗河呀？」

少年的臉色猛地一沉。淩妙妙感覺他的手臂瞬間收緊了些，掐得她的大腿有些痛，不禁扭動了兩下，隨即聽見他應道，「妳就這麼想自己過河？」

「其實我也懶得自己過河……」她彎了彎唇角，微涼的臉無意間貼住了他，嘟囔道，「但我覺得每次都讓你背過河，好像挺麻煩你的。」

她的裙襬懸在空中蕩啊蕩，裙角沾到了水，有時觸碰到小腿她都覺得冰冷刺骨，何況慕聲兩條腿直接泡在水裡。

「慕姐姐也是女孩子，她能自己過河，那我也可以。」她玩著慕聲的領子，順口問道，「水是不是很涼？」

慕聲頓了許久才答，「不涼。」那聲音很輕，幾乎像是在自言自語。

「那我什麼時候才可以自己過河？」

他似乎不大喜歡這個棘手的問題，沉默半晌才找到措詞，「要等妳學會用符紙。」

「我會呀！」妙妙霎時激動起來，猛拍他後背，「柳大哥教過我口訣，我現在還記得呢，要不要背一遍給你聽？」

少年似乎有點惱了，「不要。」

「那你給我點符紙，我試一試。」她還沉浸在興奮中，開始拽慕聲的袖子，「有沒有剩下的，給我幾張吧？」

「沒有。」他冷言冷語地答，扭頭警告地看她一眼，黑眸沉沉，「別亂動。」

「你真小氣。」妙妙憤怒地扭動了一會，沒得到什麼回應，便無趣地趴在他背上不動了。

一停下來，便開始一陣陣犯睏。她一安靜下來，便顯出夜晚的寂寥，身旁只有嘩啦啦的水聲，和水中隱約傳出的咕嚕嚕氣泡聲。

慕聲走著，腳步慢了下來，極輕地挪開一隻手，從懷裡抽出一疊澄黃的符紙。他垂下纖長的睫毛，單手點了一遍，反手無聲地塞進她毛絨絨的襖子裡。

少女睡得迷迷糊糊，連眼睛都沒有睜開，感覺到他的觸碰先是縮了一下，又軟綿綿地貼上來，嘴裡抱怨道，「別戳我。」

他飛速抽回手去，重新撈起了她滑下的膝彎，睫毛顫得像蝴蝶翅膀。

夜深了。窗戶開著條縫，窗櫺上還夾有捲曲的落葉。冷風吹進來，吹得那落葉喀吱作響，懸起的紗帳鼓了起來。

側躺著的十娘子睜開眼睛，臉色灰白似鬼，額頭上布滿細密的汗珠。

她慢慢地喘息著，每喘一下，都發出艱難的呼吸聲，胸口劇烈起伏，那白皙豐滿的胸幾乎掙出低垂的坦領。那雙纖長美麗的手向上摸索著，扶著床頭掙扎著坐起來，腳胡亂踩住地上的鞋。

窗外夜色清寒，照得屋內一支細細的蠟燭越加慘澹。

她扶著額頭，天旋地轉地走著，像一個酩酊大醉的人左搖右擺地走在街頭。

「呼……呼……」她一路走一路喘著粗氣，面容灰白，分離的雙眼凸出，布滿了血絲。

她慢慢繞過了繡有青竹的屏風，屏風後是張小床，床頭還擺著一支紅漆撥浪鼓和幾隻小布偶。

床上沒有人。她的頭痛驟然加劇，猛地扶住屏風才沒讓自己倒下，身軀靠得那屏風「喀吱」地向右推移了幾吋。

「乳母……」她倚著屏風艱難地伸出手，似乎想喊些什麼，「阿准……」

她用力地喊，卻沒發出什麼聲音，當然也沒有人答話。

李准和乳娘都不在，這座空屋是專為她一人準備的牢籠。

她兩眼死死地瞪著那空蕩蕩的小床良久，視線下移，落在床旁邊的牆面上，再轉，望見了緊閉的門。

窗櫺裡卡著的落葉被風吹得沙沙作響，門上貼著的澄黃符紙，在風中捲起一個小小的角。

製香廠裡燈火通明，遠遠望去，星星點點的紅燈籠宛如赤紅的遊蛇，一路蜿蜒到遠方。

妙妙有些震驚，「李准不是說，製香廠只在白天開工嗎？」

柳拂衣面色警惕，雙眼緊緊盯著前方的燈火，將手指貼在唇上，無聲地比了一個「噓」。

懷裡的小女孩睡得正香。主角一行人放輕腳步靠近，沿著草叢中鋪好的石板路來到製香廠前。

晚風將木屋上懸掛的盞盞燈籠吹得左右搖晃，燈籠發出暗淡的紅光，燈下有無數人在忙碌地走動，在地面投下晃動交錯的影子。

詭異的是，人們來往忙碌卻沒有交談聲，甚至連腳步也難以察覺。一切悄無聲息地進行著，靜得能聽見風吹過樹叢的聲音。

慕瑤緊抿嘴唇，抬手指向角落，順著她手指的方向看去，紅色的黯淡燈籠下，四五個人圍聚一團，拿著鐵鍬和鏟子飛速地上下揮舞，影子虛化成無數道，一時間群魔亂舞。飛揚的塵土帶著草根、泥屑堆成了一座小丘，未經多時，地上被挖出一個大坑。挖土的工人們飛速地扔掉鏟子蹲下身，七手八腳地從裡面抬出了什麼。一團濃重的黑氣從土坑向上湧出，幾乎遮蔽了他們的臉。

「這是什麼？」妙妙瞠目結舌。

「是死人的怨氣。」慕瑤盯著那一團向上飄浮的黑氣，眉頭緊皺。

那一團烏雲似的黑氣，轉瞬分成了四五股消散在空中，工人們的臉再次露了出來。燈下，那幾張臉面無血色，鼻孔處還殘存著幾縷未散的黑氣。

他們居然將死人的怨氣吸走了！

幾個人手一鬆，那具被刨出來的屍體摔落在地上。那屍體經年風吹雨打、被泥土掩蓋，衣服已經看不出顏色，幾乎和土地混為一體，從袖口和下襬叮叮噹噹地掉出幾根森白的人骨。沒有那一股怨氣支撐，死人也只會腐化為普通的骨頭，就此散了。

工人將地上的白骨攏成好幾堆，用下袍兜著站了起來，像裝著水果般輕鬆地兜著離去。

慕瑤跟了幾步，雙目在月色下閃著亮光，「看看他們要去哪裡。」

柳拂衣蹙眉看著懷裡熟睡的楚楚。

慕瑤補道，「拂衣在這裡等吧，看顧好楚楚，別嚇著了她。」

此處距離製香廠還有十幾尺的距離，看不清楚那些詭異的景象。周遭還有幾叢矮樹作為遮蔽，進可直入製香廠，退可遠觀防身，是個較為安全妥當的地方。

柳拂衣點點頭，看著慕瑤囑咐道，「你們小心。」

幾人跟著工人的腳步向前挪了幾步，恰好看到他們閃身進了屋，彎下腰將懷裡的白骨一股腦倒進火燒得正旺的爐灶裡。那些骨頭殘渣如同進了油鍋的乳酪，迅速融化了。

這實在是挑戰現代物理的常識。即使是火葬場的焚化爐，也至少是從攝氏兩百度開始升溫的，想將堅硬的人體骨骼焚化，至少需要將近一千度。

淩妙妙指著爐子下不斷散落的灰燼，「慕……慕姐姐，這個也是因為沒有怨氣支撐嗎？」

她的聲音有些顫抖，身旁的慕聲突然站得離她近了些，幾乎是貼在身邊，眼睛一眨也不眨地觀察著她的臉。

身旁是火光，身上還穿著秋天的襖子，妙妙被他靠得熱乎乎的，反手將他往旁邊推，「我正在聽慕姐姐說話呢，你別搗亂。」

慕聲確認她臉上沒有絲毫畏懼，完全不需要安慰。剛才問話時，說不定只是興奮得發抖……他沉著臉退到旁邊。

慕瑤嚴肅地點點頭，「這些屍體上的怨氣一旦被吸走，便一絲活氣也沒有了。這樣的屍體與地上的落葉和塵土沒有分別，輕易便可瓦解。」

淩妙妙點點頭，心中感慨浮舟小說的世界觀設定真是天馬行空啊……

仔細看，灶上還熬著中藥。李准曾經說過，他的製香廠生產香篆，不單用最好的檀香樹皮，還加入安神靜心的中藥，眼前這些藥，想必是需要整宿熬製以備翌日使用的。

爐灶裡的骨頭越堆越多，燒成的灰燼越堆越厚，不一會便塌了下去。粉末從縫隙裡落了下來，散在地上。

隱約可見看守爐火的是個年邁的老婦，她遲鈍地低下皺紋密布的臉，嘴裡嘟囔著什麼，似乎在抱怨這些灰燼弄髒了地面。她慢慢彎下佝僂的背，將地上的骨灰攏了攏，捧在手心，隨後掀開砂鍋蓋子，倒進正在沸騰的中藥裡。

幾個人面色一變。香篆裡的骨灰，原是這麼來的……

月色從窗口透進來，如冷霜般打在牆上。一隻纖細修長的手顫抖地扶著牆壁，隨即是一個高挑豐滿的身影，她彎著腰跌跌撞撞地靠近房門，每走幾步便要停下來，氣喘吁吁。

另一隻手上緊緊抓著一張撕下來的符紙。符紙被她手心的汗水浸溼了，皺成一團，纖薄的符紙上還隱約可見血跡。

她掙扎著東倒西歪地扶著牆壁，丹蔻在牆上拓出深深的印子，指尖因用力而發白。還有幾步，就可以走出房門了。

「慕姐姐……」

「阿姐！」

一個沒注意，慕瑤已經滿臉嚴肅地走上前，逕自推門進了屋。妙妙的頭皮一陣發麻，緊跟著慕聲闖進屋裡。

慕瑤站定在燃燒的火爐前，定定盯著老婦。那老婦守著爐子，似乎渾然沒有覺察有人到來，還不斷地彎腰從地上攏起骨灰撒進砂鍋裡，動作遲緩而僵硬。

「請問……」慕瑤試探地開口，但眼前的人沒有一點反應，就好像他們之間隔了層厚厚的牆壁。

慕瑤一把抓住老婦不停動作的胳膊，抬高了聲調，「看著我！」

老婦抬起滿是皺紋的臉，渾濁的眸中沒有焦距；儘管胳膊被慕瑤抓著，手還在重複著機械性的動作，就好像被設定好程式的機器人。

慕瑤猛地放開手，老婦跌在地上又一聲不吭地爬起來，接著重複撿骨灰、倒骨灰的動作。

慕瑤冷靜地轉過臉來，一左一右往外推著緊跟在後的慕聲和妙妙，壓低聲音，「這些的確是白天在製香廠勞動的工人。他們都被人控制了，我們走。」

甫一出門，果然又有幾個人兜著新的碎骨頭進門了。他們匆匆的身影與妙妙等人擦肩而過，就好像處在不同的時空。

不遠處三三兩兩聚攏的工人，無聲地揮舞著鐵鍬，一盞盞暗淡的紅燈籠搖曳著，牆上和地上充滿紛亂的影子。

十娘子邁出房門，先左腳後右腳，隨即立刻撲倒在門口，靠著牆劇烈喘息著。她散亂的鬢髮被汗水沾溼，捲曲凌亂地貼在額角。她彷彿溺水的人掙扎到了岸邊，貪婪地呼吸著久違的空氣。

走廊裡空無一人，月光微弱至極，她幾乎是坐在濃重的黑暗中。

手中揉成團的符紙滾落到地上，徹底變成了普通的廢紙。

「阿准……楚楚……」她喚著，終於可以發出聲音。她扶著牆站起來，沒有注意到地上幾點閃爍著的淺淺銀光。那幾個點恰好連成一個圈，圈內閃著絲絲縷縷若有若無的光線，像是捕魚的網，又像是看不到底的深淵。

她腳上的繡鞋掉了一隻，狼狽不堪，光著一隻腳拖著裙襬，無聲地踏入了那個圈內，喊道，「阿准，你們在哪裡？」

隨即李府的燈火一盞接一盞亮起，夜也開始有了窸窸窣窣的聲音。

乳娘披著衣服最先跑進來，手裡端著一只燭臺，睡眼惺忪。見了眼前人，嚇了一大跳，「夫人，您這是怎麼了？」

「楚楚不見了……」十娘子分得極開的雙瞳中露出一絲恐慌，向前踉蹌了幾步，彩旗般鮮豔的裙襬掃過了銀亮的圈。

慕瑤跑得越來越快，身後跟著妙妙和慕聲。三人幾乎是拔足狂奔，遠遠地看見了樹叢背後柳拂衣抱著小女孩的身影。

柳拂衣正緊皺眉頭，方才布在十娘子房門口的七殺陣傳來感應，有人毫髮無傷地踩過了陣。

七殺陣是捉妖人嘔心瀝血發明的手段，專為大妖準備，妖氣越重困得越緊，七步之內必殺其銳氣，不可能對十娘子毫無反應，除非……

慕瑤的臉色剎那間煞白，連嘴唇都失去了血色。慕聲如同一道黑色的閃電，幾乎是瞬間移動到柳拂衣的身邊，依然晚了一步。

溼熱的血，淅淅瀝瀝，順著他的衣袍流下去。柳拂衣緩緩低下頭，小女孩纖細的手臂已經穿透他的胸膛，她雪白的小臉蛋滿是血點，總是發紫的嘴唇此刻是詭異的血紅。

寶石般的黑眸閃爍著冰冷的酷虐，她慢慢地牽拉嘴角，露出一個甜美的微笑，「柳哥哥，謝謝你一路抱著我。」

慕瑤急奔而來，蒼白的嘴唇顫抖著，被眼前的景象嚇呆了。

慕聲的臉色急變，一雙黑眸死死盯著楚楚的臉，唇畔含著冷笑，語氣森冷，「邪物，難怪妳總是怕我靠近。」

少年被人愚弄了一路，此時此刻真正動了怒，手中收妖柄猛地脫出，直搗楚楚的臉。他所處的位置距離楚楚和柳拂衣僅一步之遙，若不手下留情，那妖物避無可避。

可是轉瞬之間地動山搖，大地在震顫著。幾乎是一眨眼的功夫，那二人的身影便消失在慕聲眼前，收妖柄「噹啷」一聲彈回他的腳邊。

「自不量力的捉妖人。」那稚嫩的聲音嘻嘻笑著，從半空中傳來，發出陣陣回聲。

幾人仰頭一看，楚楚操縱著臉色煞白的柳拂衣，正站在十幾尺開外的地方。地上裂開了一道巨大的縫隙，這裂隙足有數人寬，橫亙在他們眼前，宛如大地上一道猙獰的刀疤。裂縫下方，是深不見底的黑暗。

那二人站在裂隙的另一端，楚楚笑著舉高手臂，使柳拂衣雙足離地，幾乎是被迫懸在空中。

妙妙心驚肉跳地盯著柳拂衣的臉，他因失血過多的緣故，幾乎已經失去意識。慕瑤的聲音在顫抖，拚命地搖頭，「不要……不要……」

楚楚的手臂慢慢向外伸，柳拂衣青筋暴出，發出一聲難耐的悶哼，隨即咬緊牙關，再也發不出聲音。他的喘息顫抖著，目光冰冷地看著自己鮮紅的心臟從胸膛脫出，鮮血淋漓地被捧在那小小的手上，猶自跳動不息。

不過是死而已，捉妖人刀尖舔血……誰會畏死……胸口一陣冰涼，隨即是難耐的空洞，彷彿連整個生命中的歡愉和溫暖都被抽離了身體似的。他抬起眼，觸到了慕瑤顫抖的瞳孔。只是……瑤兒不要怕。

直面這種血腥的場面，妙妙的腿都軟了，但感覺到慕瑤單薄的身軀在發抖，一把架住了她，讓她不至於摔倒。

在這個世界，心臟離體會死嗎？那還真不一定。

縱使知道男女主角最終一定會化險為夷，孩子都生了幾打，此時此刻她還是忍不住滿心外溢的怨憤，仰頭吼道，「冤有頭債有主，誰惹妳妳就找誰去，掏柳大哥的心做什麼？」

這樣的一個好人，不過就是因為對萬物過於寬容和溫柔，才給人可乘之機……

「妳真傻……」楚楚十分滿意地欣賞著手中跳動的心臟許久，痴迷的目光轉移到了柳拂衣蒼白的臉上，「不掏心，怎麼將柳哥哥做成我專屬的玩物呢？」

慕聲不打算廢話，逕自躍至空中，髮帶在風中飛舞。他想要跳過裂隙攻擊，誰知那裂隙越擴越大，那二人越退越遠，他怎麼飛都飛不到對岸。他轉身一折，落在樹梢上，收妖柄在指尖煩躁地轉了幾個圈，眸中閃爍著冰冷的殺意。

「你想殺我？」小女孩充滿邪氣的眼中閃過一絲嘲弄，「我是天生地長之幻妖，涇陽坡這天地山川，皆為我所操控，翻手為雲、覆手為雨。你就算是有天大的本事……」她笑了，小小的嘴唇紅如血，「也都是白搭。」

慕聲漆黑的眼眸默不作聲地望著她，指尖微微發抖。

「我是慕家家主慕瑤，這一路走來，不知斬殺多少妖魔。」慕瑤的聲音抬高，尾音微有發顫，那雙琉璃瞳中倒映出濃重的月色，「妳若惹我慕家，天南地北必將爾誅殺。快將妳手上的人放開。」

「口氣真大。」幻妖搖頭嘖嘖，陰森森的目光盯著她許久，嘻嘻地笑了起來，「不如……先看看妳背後？」

妙妙的後背一陣發涼，隨即看到地上黑雲般的影子。她回過頭去，身後是烏泱泱的一群人，有男有女有老有少。工人們面色鐵青目光渙散，手中拿著棍棒，肩上扛著鐵鍬。這些……都是幻妖的傀儡。

慕聲覺察不對，眸光一沉，立即朝這邊飛身而來。樹叢中忽然飛出無數黑壓壓的蝙蝠，宛如黑色的浪潮困住了他，幾欲將少年吞沒。

幻妖笑了，「別急啊慕聲，我專為你準備了這一關。」

打從妙妙開始穿書任務，從未遇到過這樣腹背受敵的情況，不禁一陣心驚膽跳。在這個片刻，慕瑤冰涼的手指忽然握住了她的手，她的聲音很低，「妙妙別害怕，我們一定能出去。」

妙妙一怔，旋即笑道，「嗯，慕姐姐，我不怕。」語尾未落，她被慕瑤手臂一擋，護在了身後。慕瑤伸出手，袖中符紙在空中排開，猛然擊出，剎那間將最前面的一排傀儡擊倒。

後面的工人隨即揮舞著鐵鍬圍了上來，人越聚越多，宛如潮水，將她們困在小小的包圍網內。

妙妙微皺眉頭，貼緊了慕瑤的後背，已經能感受到她尖銳的肩胛骨。她用力將右手腕上的收妖柄卸了下來，拿在手上。

「慕姐姐。」她壓低聲音問，「收妖柄的口訣是什麼？」

慕瑤顧不上分神去想她為什麼忽然這樣問，在她耳邊脫口而出。妙妙倉促中聽得一知半解，剛想要囫圇著念，忽然注意到這細細的小鋼圈上刻了一排小字。

妙妙先前沒仔細看，還以為那繁複的凹痕是裝飾的花紋。她帶著冷汗看過去，這行小字跟慕瑤方才所說的似乎對得上。慕聲把口訣寫在給她的捉妖柄上。

幹得漂亮！她膠著的眉頭驟然一鬆，手中捉妖柄脫出，銀光閃爍，剎那間打倒了一大片魁儡。

她與慕瑤背抵著背，竟然真的勉強抵擋了十多分鐘。

然而傀儡既被操控，沒有神智也沒有痛覺，只會按照主人的指令行事。即使被打掉了胳膊或腿，也會頑強地爬起來，繼續用鐵鍬不要命地砍向她們。

妙妙望著再次圍上來的一群缺胳膊少腿的喪屍，一時有些眼花。毛邊領子悶出了一脖子的汗，她鬱悶地扯開領子，早知道今天要大動干戈，她就不穿秋天的襖子了！

「妙妙！」慕瑤攔住她，語氣急促，「不要用收妖柄。這些都是普通人，只是被做成了傀儡，不要誤傷他們。」

「哦……」她鬱結地將收妖柄套回手上。

傷害無辜似乎確實不妥，可是光靠慕瑤一個人，顧不來她們兩個。何況圍上來的傀儡越來越多，慕瑤手中的符紙越來越少，真是愁得發慌了……

「砰——」一個禮花般的火球猛地爆開，黑雲似的蝙蝠被炸成了一片一片，驟然散開。收妖柄在天上飛來飛去，抵抗殘餘蝙蝠的靠近。

慕聲從圍困中脫出，眼角發紅，眸中滿是戾氣。他望著幻妖的臉，默然喘息著，反手摸向了頭頂。

「阿聲！」熟悉的聲音似驚雷炸響，他的手猛然頓住。

慕瑤一邊對付著圍上來的傀儡，一邊扭頭死死盯著弟弟的臉，近似喝斥道，「你要做什麼？」

「阿姐……」少年怔在原地，目光破碎地望著她，似乎有些無措。

他的眸子漸轉，待看到她們二人被圍困在舉著鐵鍬的傀儡中間，包圍網越縮越小，幾乎快要撐不住了。他眸中剎那迸發出濃重的殺意，手摸向髮帶，語氣委屈中帶了一絲偏執，「阿姐，我要保護妳們。」

「我不需要你來保護！」慕瑤的眸中晶亮，似乎閃爍著水色。她的語氣越加冰冷，帶著沉鬱的警告，「慕聲，娘給你紮這個髮帶，不是為了讓你解開的。」

她靜靜地看著他的臉，一字一頓，「你要記得答應過我什麼。」

慕聲的手指一僵，慢慢地放了下來，彷彿齊天大聖被念了金箍咒，於瘋狂殺戮的邊緣懸崖勒馬。他就這樣停滯了片刻，直到傀儡震耳欲聾的喊殺聲從遠處傳到耳朵，才立刻被驚醒，從懷裡慌亂地掏出一把匕首狠狠反插進自己的肩窩。

「阿聲……」慕瑤呆住了。

慕瑤不知道，妙妙卻眉頭一跳。那是舊傷的位置，先前那裡曾經被水鬼捅穿過，過了這麼久也不過堪堪癒合。因為是舊傷，匕首輕而易舉便刺開長好的肌膚，少年咬緊牙關，額角青筋暴起，手上用了幾分力，握住刀柄轉了半圈，隨即猛地拔出，濃稠的血液隨著閃著寒光的刀刃一併迸出。

刀是冷色，血是暖色，他的衣襟轉瞬潮溼。

甜膩的血氣蔓延，飛速地飄散到眾人鼻中。戰局似乎在此刻停頓了一秒，所有人都朝著慕聲的方向望去。他的臉色發白，泛著水色的黑眸如大霧籠罩的湖面，望著下面抬頭觀望的傀儡，慢慢勾勒出一個複雜的笑，「我在這裡。」

剎那間，林子一陣反常的躁動，樹葉相互拍打，無風自動。

唰啦啦——唰啦啦——似乎有無數妖物正在蠢蠢欲動，像鯊魚嗅著血氣追逐著遇難者，從四面八方聚攏而來。妖物聚成閃爍著尖利獠牙的黑雲，想要一哄而上，爭搶分食……

慕聲從樹梢一躍而下，落在距離妙妙她們稍遠的地方。他手上握緊了收妖柄，臉上似乎對瘋狂湧來的妖物渾然不知，再抬眸時已是滿眼挑釁的笑，「都朝我來。」

慕瑤身邊的傀儡「噹啷噹啷」地丟下了鐵鍬和鏟子，又怔怔地扔下了木棍，像是被撥浪鼓聲吸引的稚童，一搖一晃，本能地朝那血氣的源頭湧去。

包圍網轉瞬散開，哪怕她們兩人現在朝著傀儡招手，對它們也不會再產生什麼吸引力。慕聲的至陰之體本來就招妖招鬼，現在又刻意在陰陽裂中放血，只怕是把自己當成了活靶子。

就算黑蓮花再怎樣狂放不羈，那也是單打獨鬥，寡不敵眾。要是他真傻到聽姐姐的話只用一張張符紙打妖，鐵定會被這些猖獗的妖物啃得只剩骨頭渣……

妙妙顧不得其他，橫出一聲，「子期，保命要緊！」

她的聲音又脆又亮，直穿過樹叢和妖物的圍困，逕自入了慕聲的耳朵。他茫然地抬起頭朝她望去，少女黑白分明的杏子眼正隔空看來，明亮如天上星星。

也只是一瞬間，他的視野便被圍上來的妖物遮蔽。慕聲被困在無盡的鮮血與攻擊中，猶如墜入無邊無際的黑暗。

向來都如此……溫柔只有片刻，煉獄才是長久。

「嘖嘖嘖，真是姐弟情深。」幻妖臉上似笑非笑，扭過頭來，望著手上跳動的心臟，似乎是在唏噓，「兩個男人都甘願為妳去死，慕瑤妳真是好本事。」

柳拂衣已經闔上雙目，頭垂懸在空中，臉色慘白、生死不明。

小女孩的臉上露出一絲詭異的微笑，血紅的唇幾乎裂到齒根，「只不過遇到了我，就讓妳知道自己是怎麼輸的。」

語尾未落，她操控著失去意識的柳拂衣，猛地跳進了地上的裂隙中，「對了，幫我謝謝十姨娘日日一碗心頭血的供養，喀喀喀喀——」

童稚的笑聲反覆迴蕩在涇陽坡的山水間，令人毛骨悚然。

「柳大哥！」

淩妙妙身後猝不及防地傳來少女的失聲尖叫。嘶啞的尖叫聲刺痛了她的耳膜，整個耳朵都麻麻地發痛——隨即一道紫色的影子撲向了裂隙，腳步毫無章法，又有四個穿道袍的影子緊隨其後。

那四個影子移動得飛快，轉眼間便架住了那個深紫色的身影，將她硬生生拖了回來，一聲疊一聲地勸，「帝姬殿下，萬萬不可！」「危險，帝姬不能去呀！」

淩妙妙呆呆地看著木槿花般的帝姬癱坐在地對著裂隙痛哭，心裡想著，端陽帝姬已經趕到裂隙旁邊，便接上了她記得的原著情節，那麼下一段劇情就是……

幾乎是同時，她聽到熟悉的「叮」一聲，「任務提醒：任務一，四分之三階段任務開始，請宿主做好準備。」

第十二章

# 裂隙

HEILIANHUA

GONGLYUE SHOUCE

幻妖，為山靈水秀的涇陽坡自然孕育，與半路出家的妖物邪物不同，是上天眷顧的強者。倘若一切沒有變故，她或許會成為林中精靈。

只可惜多年前一場大瘟疫驟然爆發，村民們不願背井離鄉，導致疾病迅速蔓延，轉瞬席捲全村，涇陽坡就變作天然墳場。這裡的住民遭遇橫難，曝屍荒野無人悼念，亡靈心中的怨念聚攏在一起，凝成了幻妖極惡的核心。

幻妖有意識，又可輕易變換形態，可能是山間風、樹間霧、甚至是新居民帶來的小女兒，一切就變得極其恐怖。

沒有強勁的對手，就沒有精彩的劇情。原著《捉妖》寫到涇陽坡尾聲這一章，便是個小高潮——柳拂衣被幻妖所傷，遭挾持帶進了裂隙，生死不明；慕聲被妖物圍困；與此同時，似乎還嫌場面不夠亂似的，加入了匆匆趕來的端陽帝姬。

帝姬告白被拒，在宮裡痛定思痛地反思了幾天，期間佩雲一直在她耳畔鼓勵，「既然無法讓柳公子放棄捉妖，那殿下便支持他，助他一臂之力，也算是還先前救命的恩情。」

端陽帝姬深以為然，當即從欽天監點了四名最厲害的方士，一路舟車勞頓地趕來，想助柳拂衣一臂之力。未料見到心愛的人第一面，就是看到他被幻妖拉著跳進了深不見底的裂隙。

更別提柳拂衣的胸前還出現一個血洞，面如白紙毫無生氣。

端陽坐在裂隙旁邊哭得肝腸寸斷，身後四個方士老頭面面相覷，苦著臉不知如何勸解，許久才小心翼翼道，「殿下，那柳公子被掏了心，眼見是活不成了，我們還是回去吧……」

端陽的雙眼血紅，狠狠地推了方士一把，如同發狂的小野獸，「你才活不成了！還不給我掌嘴！」

那方士暗暗叫苦，裝模作樣地在自己臉上打了幾下。另一個老頭頓了頓，委婉道，「殿下息怒……呃……此地多邪、妖物頻出，為殿下玉體著想，還是快快回宮……」

當今天子不喜鬼神之事，欽天監過得極其窩囊。這四名方士空有一身本事無處發揮，被尊貴的帝姬點來重用，自然是心中竊喜。但可沒想到她竟倒追著男人不要命地橫衝直撞、不聽人言，這才明白這燙手山芋扔不掉了。

端陽帝姬狠狠瞪著他，「要回你自己回，本宮不回去。」她咬了咬牙，似乎下定了決心，指著旁邊那黑洞洞的深淵，一字一頓道，「本宮要下裂隙！」

妙妙的心裡一頓，來了。果然一旁遭遇重創、沉默得像影子一般的慕瑤，聽到這幾個字彷彿立刻驚醒，飛速往前幾步，眼見就要往裂隙跳。

「慕姐姐！」妙妙一把拉住她，壓低聲音飛速勸告，「慕姐姐，妳冷靜點……」

「阿姐！」慕聲在眾妖的包圍中搶了個空隙，隔空叫住了慕瑤。少年額上的碎髮已經被汗水打溼，臉色慘白，整個人看上去像是從水缸裡撈出來的。他雙目發紅，「阿姐別下去，那下面……那下面可能是陣！」

這不是誇大其詞。幻妖跳下裂隙後便消失了，如若地下是幻妖的巢窟，那裂隙便是巢窟的門。一隻大妖搶了寶物回家卻不關門，難道是專等著人上門討債嗎？

幻妖留著裂隙，就是等著慕瑤義無反顧地跳下陷阱，但那究竟是什麼樣的陷阱，誰也無法預料。慕瑤當然也懂這個道理，可是她此刻顧不上生死，只是望著裂隙，絕望道，「拂衣在下面。」

「阿姐……下面危險，別下去……」

一對多本就危險，要眼觀四面耳聽八方，最忌分神。慕聲為了攔她，已經挨了好幾下，轉瞬便從平手變成劣勢，他在四面八方的攻擊中一心二用，已經快撐不住了。一旦有個破綻，他就會立刻被妖物吞沒。

慕瑤逕自往裂隙走，臉色很差，「是生是死，我都要把拂衣帶上來。」

妙妙的心提到喉嚨。原著寫到這裡，總是藏匿於陰暗角落作惡的陰險淩虞再次出手了。淩虞誤以為柳拂衣已死，傷心欲絕，悲傷霎時轉化成恨意，把還在遲疑的慕瑤一把推下裂隙，跑進了樹林裡。慕聲目眥盡裂，因此恨她入骨。

這就是四分之三階段的任務：要在慕聲的眼皮底下，把他最愛的姐姐推進裂隙。

她左顧右盼，焦慮得幾乎站立不住。

旁邊的端陽帝姬還在和方士爭執，「我憑什麼不能下裂隙？」

「帝姬殿下千金之體……」四個穿道袍、蓄長鬚的方士對視幾眼，咬牙齊齊跪下，「地裂之下妖氣濃重，恐為魔窟，殿下若是以身涉險，我等萬死難辭其咎……」

帝姬一時語塞，許久才問，「既然不想本宮以身涉險，就不能陪著一起下去嗎？」

「這……」方士們面面相覷，臉色都很難看，「下面實在危險，還是請帝姬殿下移駕……」

她恨恨地望著地上瑟瑟發抖的幾名方士，覺得他們就像紙老虎，吃著皇家俸祿，遇事卻膽小怕事，全然靠不住。她指著他們的鼻子喝道，「你們不是長安城裡最厲害的方士嗎，怎麼連一個裂隙都不敢陪本宮下？」

她氣得踱了幾圈，一跺腳，「好，本宮自己下去，不必跟來！」

「帝姬殿下。」慕瑤忽然伸手攔住她，面色蒼白卻篤定，「殿下請回吧，我會下裂隙，將拂衣救出來。」

端陽怔怔地望著慕瑤的臉，那雙琉璃瞳如寶石般澄澈，眼角下是一顆淚痣，清冷美豔。她的話語雖輕，卻不容辯駁。

愁得抓耳撓腮的淩妙妙看見了帝姬，亂轉的眼神慢慢定了下來。

慕聲的眼角血紅，幾乎變成了哀求，「阿姐，我求妳……」他猛然一放捉妖柄，將攻到身前的妖物擊開。他手上爆出幾個火花，卻因氣力不支，僅僅生了一簇細弱的小火苗，便匆匆熄了。

他似乎妥協到了極致，「等我一下，我陪妳下去。」

慕瑤的背影一僵，妙妙也跟著一呆。原著裡慕聲百般阻撓慕瑤下裂隙，對柳拂衣的生死漠不關心，自己不救，也私心不想讓姐姐去救。二人因而激烈爭辯，才給了淩虞可乘之機。

現在劇情已然走偏，慕聲的話已經說到這個份上，按照常理，這時候慕瑤應該會等著弟弟了。說不定她還會返身助弟弟殺妖，再一起下裂隙，多少有個照應。

可是妙妙的任務不許她再等下去了，是成是敗在此一舉。

此時此刻，淩妙妙、慕瑤、端陽帝姬三人幾乎站在一處，離得很近。

恰好四名方士見到端陽站在裂隙邊，生怕她腦袋一熱跳下去，或是腳踩空墜下去，也一股腦地湧了過來，將帝姬團團圍住，想把她拉到安全的地方。

裂隙旁邊，一時間聚攏了七個人，擁擠地混成一團。

淩妙妙眼疾手快，一把將慕瑤推了下去，隨即拽著她落下的衣角，緊跟著跳了下去，高喊道，「慕姐姐等等我，我也要去救柳大哥！」

慕聲聽到喊聲，難以置信地一望，渾身血液結成了冰。非但阿姐一意孤行跳下了裂隙，旁邊的淩妙妙也跟著義無反顧地跳了下去。

兩個人的身影在眨眼間全部消失，甚至沒有看他一眼。

他的腦中一片空白。轉瞬之間心中天崩地陷，旋即勉力維持的防禦網也被攻破，萬般攻勢如幾丈高的海嘯，撲面而來。

另一邊，四名方士目不轉睛地盯著裂隙。才幾秒的功夫就像下餃子一樣落下去的兩人，半晌卻連個到底的聲響都沒有。這裂隙彷彿地獄張開血盆大口，來一個吞一個，屍骨無存。

幾名方士出了一身冷汗，生怕端陽帝姬也跟著下去，連拉帶拽將她往後拖。

「放開本宮，你們放開本宮！」端陽帝姬拳打腳踢，哭得幾乎崩潰，「我也要去救柳大哥……」

語尾未落，大地猛地震顫一下，隨即狂風暴起，所有樹幹瘋狂搖晃，葉片如雨，連地上的沙礫塵土都打著轉被捲上天。

妖物的厲聲尖嘯驟然齊響，慘烈無比，幾乎要將夜幕撕穿。慘叫聲一疊又連一疊，群魔亂舞萬鬼同哭，總是半遮半掩的陰陽裂，此刻真正變成一座血淋淋的煉獄。

「不好……」兩名方士抬頭，眸中映出詭異的紅光。

紅光來自天邊，幾乎籠罩了半片夜空。

少年懸浮在空中，頭髮有些散亂，紮起的高馬尾塌下些許，總是繫成蝴蝶結的髮帶鬆散下來，拉出長長的白色飄帶在呼嘯的風中亂飛，時而貼在他臉上，時而捲上半空，彷彿將銀寒的月沙拉成一線，在頭上瘋狂起舞。

他的長髮黑亮如銅礦，衣袖瘋狂擺動。眸中肅殺的暴戾慢慢氤氳開，醞釀成空洞的黑，似乎眾生萬物在他眼裡，都不過是被踩在腳下的螻蟻，不值一提。

這身披夜色而來的邪神，以殺戮為樂，伸伸手指，欲將天地玩弄於手掌。偏偏他的眉梢眼角都泛著紅，襯著漆黑的瞳仁，幾乎是有些嫵媚脆弱的顏色。

那是淬了毒的美麗和無辜，誰貪看一眼，便要以死為代價。

「慕公子難道不知道，正派以反寫符為大忌嗎……」

一名方士幾乎不敢相信自己的眼，眼前這位可是一向自傲的捉妖世家公子，居然以自己的血堂而皇之地使用邪術？

況且如果沒記錯的話，當年慕家傾覆，就是因為大妖的一紙反寫符。正派捉妖人都對反寫符避之惟恐不及，慕家人尤其忌諱，幾乎恨之入骨，可是他竟然……他怎麼敢……

話說回來，方士們也是頭一次見到反寫符可以爆發出如此驚人的力量。一筆能一舉將陰陽裂中彙聚的妖物屠戮得七零八落，實在是前所未聞，聳人聽聞……

方士手腳發涼，幾乎變成一座石像。身旁的同伴拉了拉他的袍角，壓低聲音，臉色都變了，「恐怕不只是反寫符……」

慕聲慢慢低頭，長長的眼睫垂下，望著腳下飄浮的幾張沾了他的血的符紙，慢慢勾勒起一絲無謂的笑。反寫符嗎？他不僅以血畫符，還鬆了髮帶，一日之內，連犯兩禁，可是有人會在乎他嗎？

阿姐不會為他停留，就連他鬆開髮帶也不能讓她等上一會。

連她……也不會。迷迷濛濛中，他聽見少女清脆的聲音對他喊「保命要緊」，才有了殺出重圍的底氣。她默許他放縱沉淪，容忍他做旁人不能容忍之事，對他還有著絲毫他貪戀的關懷。可是臨到生死關頭，卻還是為了柳拂衣跳下不知生死的萬丈深淵……

終究，他比之不及，無足輕重……

他慢慢落下地面，眸中戾氣暴增，清明和混沌反覆交替。似乎一會是漆黑的夜，一會是起著大霧的白日，忽而茫然無措，忽而冷酷無情。

幾名方士覺察到眼前之人不對勁，臉色如臨大敵，審時度勢地慢慢向後退，彷彿赤手空拳面對著一隻饑餓的獵豹。他們尋了個機會，拉起掙扎的端陽帝姬，一記手刀將她劈昏，扛在肩上轉身撒腿便跑。

慕聲沒有去追，他漠然地望著幾人奔逃的身影，又垂眸望著腳下裂隙，神色複雜。

裂隙下方黑漆漆一片，深不見底。要跳下去嗎？

他慢慢蹲下來，用手觸摸裂隙的邊緣。泥土下是堅硬的岩石，粗糙冷硬，一股股寒氣化作絲絲縷縷的白霧，從裂隙中飄浮出來。

好冷。處於陰陽裂中的涇陽坡，無論是妖是人，活的已經奔逃，逃不掉的也被他所殺，四面一片死寂，只餘他一人。

跳下去吧。把阿姐和淩妙妙救上來，先救上來，再算總帳。

肩上的傷口還在滲血，滴滴答答落在灰白的岩石上，他茫然地笑了。阿姐素來不聽他的，可是淩妙妙跑什麼呢？

她難道不知道，她對柳拂衣不過是一廂情願，感動不了別人分毫……即使如此，也不聽他一言。

要她別跟，她便邁腿來。要她在樹林裡等，她偏要亂跑。要她等一等，她理都不理，逕自往裂隙裡跳。難道要打斷手腳綁在他身邊，才會聽話嗎？

邪術的勁頭已經過去，就好像吃了興奮劑的運動員，熬過了藥效，在茫茫的夜色中又冷又倦。他小腿輕微地抽搐著，連帶半邊身子也輕輕顫抖起來。

驟然，轟隆隆的聲音沿著大地傳來，如同一串悶雷從地下炸響。

天旋地轉，一股巨大的力量將他拋離裂隙幾丈遠，彷彿巨人的手掌，不懷好意地玩弄著掌心一隻小小的雨燕。

他幾乎是立刻借力再次騰空，脫離了桎梏。身經百戰的慕聲拿起捉妖柄，顧不上疲累，再次披甲上陣。

他向下一望，臉色驟變，直接向裂隙俯衝過去。幾乎是同時，環繞涇陽坡的遠山隆隆作響，最近的一座開始崩裂，碩大的石塊像雨點一般朝他砸過來。

「轟隆隆隆——」

裂隙正在緩緩閉合。

幻妖說得沒錯，這涇陽坡的山水樹木，皆為她所控，翻手為雲、覆手為雨。即便慕聲能夠一擊殺死所有具生命的妖物，但沒有生命、乃至孕育生命的天和地，他便無法掌握，更不可能脫出。更何況，他現在已經是強弩之末。

鮮血越聚越多，幾乎匯成溪流盛裝在衣服上，先是一滴滴，隨即變成一股細流。他被甩到地上，打了個滾咬牙爬起來，拖出一道長長的血痕，甜膩的味道籠罩了周圍的空氣。

撐著地面的指節發白顫抖，他努力支撐著身體，渾身上下都溼淋淋的，如同溺水的人，絕望地盯著裂隙的位置。

裂隙早已合上，徒留一道纖細如蛇的痕跡，像是張嘲笑的嘴。

裂隙之下，是一座陰寒的地宮。有著高高的殿頂，牆壁每隔幾步便有一處凹陷，燃燒著幽綠的火種。

淩妙妙跟著慕瑤安穩落地，幾步追上她，「慕姐姐沒事吧？」

慕瑤驟然回頭，搶先抓住她的手，神色嚴肅，「妳怎麼也下來了？下面有多危險知道嗎？」

她有些慌亂，幾張符紙捏在手裡，手都有些顫抖。慕瑤抓著淩妙妙的肩膀，篤定道，「我送妳上去。」

「不用，我不要上去……」淩妙妙使勁搖頭。不是她非要下來，而是如果留在上面，她實在無法承受黑蓮花的盛怒。就算他沒看清姐姐是被她推下去的，也難保不會遷怒。

要跳，乾脆一起跳好了……都跳下去他就沒人怨了。反正她有系統防身，暫時不怕危險。但就是不知道，慕聲一個人在上面怎麼樣了，能不能變通一點，領略她那句「保命要緊」的精髓……

慕瑤急了，「別任性。這是幻妖的地盤，下面處處都是機關，我自己都不確定能全身而退，護不住妳怎麼辦？」

妙妙瞪著一雙黑白分明的眼睛，頭搖得像撥浪鼓，「我真的沒事，慕姐姐，我……我運氣很好死不了的。」

慕瑤氣得踱了幾步，轉頭再次扶住了她的肩。那雙美麗而清冷的眼睛嚴肅認真地望著她，「就當是幫我一個忙，好嗎？阿聲一個人在上面，我怕他做傻事，妳上去看著他……」

凌妙妙的頭搖得更厲害了，「慕姐姐，我要救柳大哥……」

慕瑤剛要開口，地面轟隆隆一陣顫抖。二人齊齊仰頭望去，只見頂上遙遠的一線天越縮越窄，連夜空上的星星都黯淡無光，幾乎看不到了。黑暗如大網撒下來，將她們籠罩。

「裂隙要閉合了！」慕瑤臉色急變，摟住妙妙的腰，咬住牙想要借力將她送上去。

沒想到這個剎那，一道利斧般的寒光從天而降，眼看就要劈到她們身上。

慕瑤的瞳孔急劇放大。這樣往死裡打的攻擊，恐怕是幻妖送給她們的第一份大禮。她若在法力盈滿、氣力正盛的時候，方能穩穩接住一擊，可是現在她猝不及防，還有個手無寸鐵的凌妙妙，她這一擋不死也要去半條命……

來不及了。她猛地轉身，想和凌妙妙換位置，先拿收妖柄擋一擋。未料那少女使勁抱住她的腰，堅持擋在前面，咬牙道，「慕姐姐先別動——」

白光猛地落下，如同斬首的鍘刀又快又狠。倏的一聲，一道水藍色的火焰猛地竄出，將凌妙妙包裹在其中。又因為她緊緊抱著慕瑤，二人陷入藍焰的掩蓋之下。

一藍一白在空中對撞，發出一聲刺耳的尖嘯，巨大的能量炸開，光芒刺目，眼前整個畫面都發白了。隨後一切塵埃落定，地宮還是那個地宮，幽綠的火焰陰森森地照著地面，空中飄飛著幾點藍色的火星。

好不容易化險為夷，地宮中只餘兩人交疊的喘息聲。妙妙放開慕瑤，開始虛脫地揉自己被晃花的眼睛。

許久，慕瑤才有些猶疑地問，「妙妙，妳身上那是什麼東西？」

「呃……」凌妙妙陷入沉思。她該怎麼跟慕瑤解釋系統的護體藍焰？

慕瑤沒有等她回話，逕自彎下腰，從地上撿起了什麼。妙妙借著冷色調的光一看，有點眼熟，是個紮著細細白絲帶的秋香色香囊。

她下意識地往自己的腰間摸，只摸到一小節粗糙的斷口。

黑蓮花用法術親手為她掛上的香囊，走到哪跟到哪，自動打了結，還是死結。她想卸下無數次，也換過無數件衣服，都沒能擺脫。她覺得擱在外面奇怪，只好將它蓋在了襖子下面，平素不露出來。

現在卻這麼輕而易舉地斷了，心裡說不出是什麼滋味。

慕瑤纖細的手指捏著那香囊，摩挲了幾下，面色有些古怪，「這個香囊……哪裡來的？」

「我……」妙妙也不知道自己為什麼要撒謊，睫毛顫得厲害，「我路上撿到的。」

慕瑤抬頭看她一眼，隨即飛快地解開了繫著香囊的白色絲帶，將裡面的乾燥花一把一把地往外掏。

妙妙有些震驚地看著她的動作，瞠目結舌地看見她從一堆乾燥花裡面，掏出了一張折成小塊的符紙。慕瑤將符紙展開，澄黃的符紙上紅豔豔的一片，她的臉色霎時慘白。

「慕姐姐……怎麼了？」妙妙小心翼翼地觀察她的表情半晌，有些摸不著頭腦，「……這個香囊裡，怎麼有符紙呀？」

慕瑤捏著符紙，給她看上面繁複的字跡。筆觸粗細不一，有的地方鮮紅，有的地方發褐，是用手指沾鮮血寫的。

她看著那符紙，目光格外複雜，「反寫符。」

淩妙妙的腦中嗡嗡作響，黑蓮花強行塞給她的香囊裡，藏了一張反寫符？她有些難以置信地試探道，「那……剛才那個藍色火焰……」

「方才那個，正是它的手筆。」慕瑤的臉色仍然稱不上好，「這張反寫符能感知殺念，借力打力。一旦覺察到攻擊裡帶著殺意，便立即奏效……以惡止惡。」

她滿臉複雜地將符紙塞進香囊，遞給淩妙妙，指尖微微顫著，「若是平時，我必定將它銷毀，可是妳撿的邪物卻陰差陽錯成了護身符……」她欲言又止，不再說話了。

妙妙接過來，把拿出來的乾燥花一點一點塞回去，又把它塞成一個圓滾滾的鼓脹模樣。她展了展香囊角，用指尖拎著晃了晃，低頭嘟囔道，「……可是我繫在身上好好的，不知怎麼竟然斷掉了。」

「這張反寫符已經沒用了，所以香囊會斷開。」慕瑤解釋道，「幻妖並非平常妖物，是以死人怨念做核心的天地孕育之靈。它的攻擊強度極大，捉妖人都很難抵擋，剛才那一擋已經超出它的極限，是以兩敗俱傷。」

淩妙妙沉默地將斷開的小香囊揣進自己懷裡，又拿指頭戳了戳，彷彿在戳黑蓮花圓滾滾白生生的腦門。

以後安分點，做個普普通通、表裡如一的香囊吧。

晨光熹微，少年半倚著樹幹，在淩晨的清寒中醒來，睫毛上落下一絲微光。鳥叫聲漸漸清晰起來，陰陽裂在旋轉，慢慢轉換到了光明的一端。世界由黑白兩色，恢復成五彩繽紛。

身上的傷口緩慢地開始癒合，傷口處的血液也不再流淌。他的嘴唇微微發白乾裂，感覺頭重千斤昏昏沉沉，他晃了晃頭，呼出幾縷炙熱的空氣。

頭暈目眩，大概是在發燒。上一次生病還是小時候，慕瑤出門歷練，他又惹惱了白怡蓉，被關在柴房裡靠著一桶冰水撐過了七日。後來他的忍耐力變得極強，平素不露聲色，別人發現不了異樣，也不敢仔細打量。

再後來，身旁多了個火眼金睛的少女，總能輕而易舉將他看穿。動不動就拿冰涼的手試他的額頭，摸他的衣服夠不夠厚，問他手腕上的傷哪裡來的……問他淌水過河涼不涼。

他慌張又惱怒……也貪戀。

他睫毛低垂，手指攀上髮頂，一點一點將塌下來的頭髮紮上去，又將髮帶繫牢。即使是金箍咒，他還不是照樣引頸就戮，主動鑽入牢籠，任別人用韁繩牢牢控制著他，壓抑著他……

他本就是個怪物，不為世人所容，從不敢露出真面目。如果這樣可以被接受的話，那就這樣吧。一輩子這樣……也無所謂……

大樹落下幾片葉子，從他的衣袍上滾落，太陽漸漸升起。他一步步走向溪邊，用水洗去頭髮上的血漬，身上一陣陣的發冷。他猶豫了一下，泡進冰冷的溪水中，腳步踉蹌著，幾乎是整個人翻了進去，激起水花。

流淌的溪水帶上了絲絲縷縷的紅。他的髮梢上滴滴答答散落著水珠，睫羽輕顫，開始在水中不自知地打著寒顫。

還覺得冷，還覺得痛……就暫時不會死。

水中有一隻手，劃開波浪過來，慢慢攀上他的胸膛。慕聲的眼睛猛地睜開，一把抓住，戾氣頓顯，「誰？」

那手轉瞬間化成了黑氣，消散在空中。熟悉的陰森森笑聲靠近，一股腐爛的氣息環繞著他，「瞧瞧我們小笙兒，落魄成了什麼模樣。」

黑影凝成個大胯細腰的人形，曖昧地朝少年的臉潑水，似嘲弄又似挑釁。

慕聲偏過頭，臉色冷得似冰，「不要叫我小笙兒。」

「怎麼？那就是你的名字啊，難不成還想拋棄了嗎……」水鬼笑起來，指尖慢慢爬上他的胸膛，來回撫摸，「真可憐，若不是為了慕瑤，何至於如此……」

慕聲猛地向後退，半個身子出了水，收妖柄忍耐地握在手上。如若不是頭昏得厲害，連帶著手都在抖，他必定立刻出手，片甲不留。

「嘩啦——」

猛地被一扯，那股巨大的力量讓他又坐回了水裡。濺起的水花撲面而來，將他的頭髮都打溼了。他的怒意迸現，收妖柄猛地出手，鋼圈卻被那隻黑霧凝成的手牢牢抓住。

水鬼發出一陣猖狂的大笑，若她有眼睛，此刻一定笑得滿眼淚花，「小笙兒，你看，現在我一隻手便夠讓你動彈不得。」她死死抓住收妖柄，慢悠悠地靠近他白玉般的臉，

「你連收妖柄都控制不住，何必逞強呢？」

水鬼的另一隻手撫上了他的臉，向下到了脖頸，被摸過的地方溼漉漉的全是水珠，水珠凝成一股細流，順著他白皙的下頷往下淌。

慕聲黑沉沉的眼眸望著她，頭暈目眩，似乎是在忍耐和混沌的交界，他的身體因盛怒而微微發顫。

領口「唰」地一下被扯開，露出少年的鎖骨。水鬼撫上去，毫不輕柔，甚至刻意帶著一絲凌辱的味道，將他的皮膚按得發紅，「小笙兒，今天給我這裡的血如何？」

慕聲面無表情，身子難以控制地打著冷顫。不知是因為高熱還是動怒，無聲地伸手摸向髮頂。

「你還想動禁術嗎？」水鬼停下動作，饒有興趣地望著他，彷彿看到了什麼格外好笑的事，「讓我數數，一次兩次三次，哎呀，你若是再碰可就是第三次了呢。」

慕聲的手指僵住，呼吸中帶著乾裂的灼熱。腦子裡好似有團火在燒，身上卻又溼又冷，這樣的矛盾使他難以忍受，戾氣暴漲，可是手臂在發抖，連殺人的力氣都沒有。

「你還敢放縱自己，就不怕失控變成了怪物嗎？」那尖尖細細的嗓音誇張地笑著。黑氣凝成的手，驟然又在他臉側浮現，順著黑亮的頭髮向下撫摸，「小笙兒，你可知道，你的頭髮本該比這長得多。」

頭髮被她牽起幾縷，那聲音帶著惡意的蠱惑，「你該感謝你的娘，是她用斷月剪幫你剪短了頭髮。」

「……」

「你知道斷月剪是什麼嗎？」

「……」

「斷月剪呀，是要用壽數求來的仙家至寶。它能斬斷情愛，又能斬斷怨恨，但斷愛斷恨，二者只能選其一……猜猜你娘選了什麼？」

慕聲猛動一下，眸光閃爍，好似忍耐著極大的痛楚，「別說了。」

「我說完了……你聽了祕密，就該拿血交換。」水鬼語氣急變，手從撫摸變成緊緊扼住，鋒利的牙齒猛地刺進他鎖骨下的凹陷。血珠剎那間湧出，她貪婪地吮吸著，用網一般的黑霧將少年死死困在水中，「小笙兒，動用禁術之前，想想你可憐的娘——」

慕聲閉上眼睛，睫毛顫動，臉色愈加蒼白。頭痛欲裂加上失血的眩暈，讓他幾乎有些支持不住。指甲嵌進掌心，交疊的痛楚傳來，裂隙……裂隙裡還有人……

他定了定神，眼前的世界又清晰起來。

水鬼將他放開，少年的臉色慘白，身子不由自主地向下滑落。他用手臂一撐，勉強保持著體面的坐姿。

水鬼抹了抹看不清楚的嘴，似乎有些意猶未盡，「小笙兒，你非要待在捉妖世家，與我族類為敵，弄得自己人不人、鬼不鬼，這是何必……你娘的一生就是個笑話，沒想到連你也是個笑話，喀喀喀喀——」她望見他肩頭那個血洞時，嘲笑的目光又變得怨毒起來，咬牙切齒道，「這是鬼王留下的痕跡吧……你既讓鬼王屍骨無存，我也讓你記得這鑽心之痛。」

語尾未落，她的手再次洞穿那個傷口，鮮血迸濺而出。慕聲的額角青筋爆出，咬緊牙關沒有發出一絲聲音，只是似乎忍耐到了極限，眼眸有一瞬間的渙散。

太陽忽地躍上天際，天光大亮，蒼綠的山，翠綠的樹，波光粼粼的溪流，一切醜惡汙穢，在陽光之下化為烏有。水鬼遁走，黑色霧氣在太陽出來之前消失在水中。

少年的身體向下滑落，幾乎失去意識躺在了水中，冰冷的溪水帶走了成片的紅。燦爛的陽光照著他捲翹的眼睫上懸而未落的水珠，折射出七彩光暈，如同璀璨的鑽石。

地宮中不辨日月，唯一的光源是牆上幽綠的鬼火，一叢一叢蜿蜒到遠方，詭異而冷寂。狹窄的走廊很長，空無一人。拾級而下，越靠近大地深處，那股帶著黴味的溼漉漉潮氣越重，是泥土混著植物根系的味道。

這條狹窄的通道兩面都是高牆，悶不透風。讓淩妙妙有些擔心兩面的牆隨時會合攏起來，將她們擠成肉醬。

妙妙和慕瑤自從下了裂隙，每走幾步就遇上幻妖設置的關卡，從沒消停過。有時是從天而降的大石塊，有時是牆壁裡「咻咻咻」穿出的毒刺，有時是地底攀爬上來的怨靈，用冰涼的手觸摸淩妙妙的腳踝，發出幽幽的哭聲，搞得她頭皮發麻後背發涼，像跳跳繩一樣瘋狂單腳雙腳交替蹦跳。

這一路上，淩妙妙被搞得草木皆兵，就連自己垂下的髮髻掃過脖頸，都懷疑是有人不懷好意地摸她的脖子。她瞪大一雙烏溜溜的杏眼，一步三回頭。

慕瑤的嘴唇有些乾裂，汗水打溼了額髮，髮絲貼在臉上，鼻子上還沾了灰，完全沒有平日的體面。妙妙也好不到哪裡去，她們四目相對，活像是大饑荒裡相攜逃難的妯娌倆，妙妙忍不住彎了彎唇角。

殺人機關告一段落，慕瑤的神經也略微鬆弛了一些，揚了揚下巴，「妳笑什麼？」

妙妙伸出髒手往裙子抹了兩把，低著頭重新紮髮髻。她嘴裡叼著碧色絲帶，含含糊糊地道，「慕姐姐從來沒有這樣狼狽。」

慕瑤先是一怔，隨即輕輕一嘆，「我狼狽的時候多著呢，妳沒見過罷了。」她一頓，又似乎想到了什麼，半是疑惑半是試探地問，「——阿聲把收妖柄給妳了？」

「嗯。」

慕瑤的表情有些複雜，似是欣慰又似是憂慮，「妙妙，妳跟著我跳下來，真是為了拂衣？」

淩妙妙仰頭望著她，呆滯了一秒，嘴裡的絲帶掉下來，她眼疾手快地伸手一撈，旋即一臉誠懇地入了戲，「那是當然，我喜歡柳大哥啊。喜歡得天上有地下無，真心誠意，真情實感……」

一番表白滔滔不絕，擲地有聲，活像是宣誓。

不知怎麼，她說得過於正式，反而讓慕瑤覺得有些戲謔的味道，總之……有點奇怪，但她一時半刻想不明白其中機竅。她點了點頭，打斷了妙妙，似乎是被吵得有些頭暈，「好了，既然下來了，我們便一起把拂衣救出來吧。」

提到柳拂衣，她的神情有些黯淡。他素來強大，從來都會化險為夷，她便一直有幾分僥倖，覺得柳拂衣是立於不敗之地的。

但僥倖總是最不可信，六年前她也天真地以為有爹娘撐著，慕家即使再衰敗也固若金湯。誰能想到，曾經那麼親近的人，會是偽裝成人的大妖……

一夜之間，她沒有了家。現在，她不想再失去柳拂衣。

淩妙妙在拉她的衣角，「慕……慕姐姐……」少女的杏眼裡閃爍著恐懼，白皙的臉被紛亂的影子遮住了。

她扭過頭，面前立著十餘隻高大細長的地鬼，前前後後蓄勢待發，宛如一片高聳而密不透風的水杉林。

——有影子，就有光。地鬼逆著光，它們之間的縫隙竟然透出溫暖的光亮，隱約可見背後明亮廣闊的廳堂。不是牆壁凹槽裡幽綠的火種，而是暖色調的、人間最熟悉的燭火。

她們竟然走到了地宮的核心。

妙妙透過地鬼之間的空隙向內望，先是看到廳堂內一排閃爍的燭光，幾隻梨花圈椅；視線慢慢向右移，主位上坐著穿紅裙的小女孩，兩腿懸空，雙手捧著一杯沒有熱氣的茶，嘴唇血紅，像是偷偷抹了大人胭脂。

她寶石般閃耀的黑眸帶著不懷好意的笑，正望著右邊。

右邊……妙妙的視線再向右轉，視線裡露出骨節修長的一雙手，那執著茶盞的手極其蒼白，似乎經年不見光。

坐在右邊圈椅上的青年長髮披肩，低垂眉眼，神態溫和柔順，像是在認真而禮貌地聆聽主人說話。看那飽滿的額頭，高挺的鼻梁……淩妙妙猛地一凜，柳大哥復活了？

柳拂衣斂袖喝著茶，旋即微笑地注視幻妖的臉，看起來似乎並無異常，只是嘴唇蒼白得毫無血色。他背後一張繡著四君子的巨大屏風，看起來有些眼熟……

妙妙再仔細瞧，赫然發覺這地宮的種種布置，圈椅、屏風、桌上白瓶裡插的紅梅，乃至於燭臺的位置和蠟燭的數量，都與李府分毫不差。除去那假模假樣的窗戶外面是伸手不見五指的黑，簡直像是將李府的廳堂原封不動地搬到了地下。

妙妙正看得出神，猛地被慕瑤拉著後退。慕瑤忙著與打不完的地鬼纏鬥，還沒顧得上細看廳堂內的人。

慕瑤喘得越來越厲害。二人相互拉扯著後退，淩妙妙的後背已經貼上了冰涼潮溼的牆壁。地鬼猶如無聲的幽靈慢慢逼近，不言不語地投下一組散亂的影子。

「符紙不夠了。」慕瑤壓低聲音，反手抓住妙妙的手，嘴貼住了她的耳朵，「待我數一二三，將這包圍網撞出個缺口，妳就趁機衝出去……」她語氣嚴肅而絕望，似乎是做了破釜沉舟的打算。

「不用了慕姐姐……」妙妙熱得渾身是汗，順手拉住襖子的前襟一扯，一排暗扣啪啦啦地崩開。她飛速將衣服脫下來揉成團，準備大幹一場，「沒符紙就用收妖柄，我還能頂個一時半刻……」

語尾未落，厚厚一大疊符紙忽然從襖子裡掉出來，散落在她的腳背上，有的還滑到了地面。

「咦？」她的動作一頓。影影綽綽燭光搖曳，澄黃符紙一張疊著一張，被流動的空氣吹得輕微捲動，紅豔豔的丹砂連成了一片瑰麗雲霞。

符紙像又薄又利的飛刀，在空中散開，將地鬼纖長的影子劈成數段。地鬼們墨綠色的稀薄血液四處噴濺，在地上積了一窪一窪的血泊。眼前只剩成堆的妖屍，地宮的地面像是殺雞宰魚後的菜市場，一片狼藉。

「啪，啪，啪。」

鼓掌聲響起，中間間隔很長，是帶著濃重嘲諷味道的倒彩。

小女孩懶洋洋地靠在椅子上，像是沒骨頭一般，似笑非笑地望著被打散的地鬼遺留下來的一點煙霧，「竟然讓妳們打通了關卡，我該說什麼呢，天無絕人之路？」

慕瑤死死盯著主位旁捧茶坐著的那個身影，臉色蒼白得像是丟了魂。可是柳拂衣始終看著茶盞，甚至沒有抬頭看她們一眼。

妙妙熱得兩頰發紅，在袖子裡艱難地盲點著剩下的符紙。這疊不知從何而來的符紙多半是慕聲悄悄塞的，她的衣服穿得厚，竟然毫無察覺。

按他的脾性，符紙給的時候應當是分門別類排好的，可惜掉出來的時候弄亂了。她和慕瑤就像被逼到絕境的人突然發現一箱滿滿的手榴彈，罔顧屬性抓起就用，一疊符紙瞬間用得只剩五張了。

她將那可憐的盈餘用手指展平，小心翼翼地塞進袖子裡。

唉，真浪費……忽然覺察到一道又溼又冷的目光落在她的臉上，妙妙茫然地抬頭望去，只見幻妖的臉色有些難看。

反派出場大都愛逞威風鼓掌，喝完倒彩再羞辱主角一番，彰顯自己掌握全域的霸氣。可是幻妖擲地有聲的一番開場白，眼前兩個人竟然毫無反應。

一個目不轉睛地盯著柳拂衣，像是沒聽到她在說話；另一個貌似在聽，實際上不知正在袖子裡搞什麼小動作，眼神都在飄……

小女孩瞪著妙妙的手，臉色烏雲密布，「那幾張破符紙，根本奈何不了我。我勸妳不要以卵擊石，自作聰明。」

妙妙愕然，「我就是數一數，也沒打算拿出來用。」

「妳說什麼？」幻妖驟然抬高了聲調。

「……沒什麼。」妙妙嘟囔著縮到慕瑤背後，只餘一雙黑白分明的杏眼閃爍。

慕瑤卻恍若丟了神似地疾走幾步，妙妙躲了個空，心道不妙，急忙跟上了她的腳步。

慕瑤已經快步走到了青年面前，聲音有些打顫，「拂衣……」

柳拂衣端端坐著，頭髮柔順整齊地披散在潔白的素紗外裳背後，手裡捧著茶盞，一雙眼滿含閒適地低垂，連睫毛都一動也不動，似乎充耳不聞。

「慕姐姐……」妙妙緊張地拉住失魂落魄的慕瑤。

「拂衣……」慕瑤抓住柳拂衣的衣袖，像是個小女孩在哄生氣的玩伴一樣，小心翼翼地晃了兩下，聲音越發飄忽，「你……你看看我……」

柳拂衣這才隨著她的動作有了反應，望著被她拉住的袖子，隨即目光緩慢地移到她臉上，眸中露出了深重的茫然，遲疑地問道，「閣下是誰？」他的眉眼還是如此溫柔多情，眸中神色不似作偽。

「……」慕瑤猛地放了手，彷彿剛才觸摸的是一團火，整個人蒼白得似乎風一吹就能倒下，「你不認得我了？」

幻妖慵懶地靠在圈椅上。她的頭髮已經不像在李准府上那樣發黃稀疏，髮髻不挽，任憑濃密的頭髮搭在椅背上，泛著紫色的冷光。她冷眼望著慕瑤說話，看上去異常邪魅。

「慕姐姐……」妙妙附耳過去，「柳大哥可能是被控制了，像那些製香廠的工人那樣。」

跳下裂隙之前，幻妖放話要將柳拂衣做成她專屬的傀儡娃娃。

在這個世界中，幻妖以掏心控制人，心臟離體會將七情六欲與記憶全數帶走。慕瑤聞言，茫然地轉過臉，臉色蒼白得嚇人。

柳拂衣沒有答話，低頭認真而柔順地看著手中的茶盞。茶盞盛著褐色的不明液體，像是放涼的中藥。

幻妖意味不明地笑了兩聲，不再理會慕瑤，勾起血紅的嘴唇嬌聲對柳拂衣道，「不知哪裡來的閒人不請自來，擾人清靜，實在是不知禮數。柳哥哥，我們接著喝茶好不好？」

小女孩的聲音稚嫩，伸出細長的手臂遙遙一敬，表情挑釁。

柳拂衣端起茶杯欲喝，唇畔帶著一絲溫柔的微笑，「好。」

「等一下！」慕瑤叫住他，扭頭看向幻妖，神情慘澹，「妳給他喝的是什麼東西？」

幻妖嘆了口氣，血紅的嘴唇下撇，幽幽地盯著茶盞裡的茶，「柳哥哥，怎麼辦，她實在好吵。」

柳拂衣像是聽話的管家，聞言立即擱下茶杯起身，臉上的笑容斂了乾淨，眉宇間帶著一絲陌生的戾氣，「請妳即刻離開我與楚楚的家。」

「楚楚？」慕瑤嘴角一抹苦笑，「你醒醒，她不是楚楚。」

柳拂衣神色冷淡，「她是誰，輪不到妳來置喙。」

「……」慕瑤抬眸望他，臉色蒼白，眼裡已有淚光，輕輕道，「那你……還是柳拂衣嗎？」那語氣有些涼，像清晨凝結的露水慢慢滲入家具的縫隙，潮氣一點點侵蝕著木頭，將其泡得發漲變形。

傀儡的臉上露出了一絲迷惘，在那刻似乎是熟悉的柳拂衣回來了。

「還等什麼，還不動手？」幻妖的語氣忽然變得極其煩躁，她滿臉戾氣地盯著柳拂衣的背影，語尾未落，他便猛地出手。

「慕姐姐——」妙妙猛然將慕瑤拉開，但還是晚了一步。一陣勁風襲來，傀儡柳拂衣毫不留情地抬掌，直接將清瘦的慕瑤打倒在地上。

「你做什麼?!」妙妙一把將其推個趔趄，隨即蹲在地上去看慕瑤。女子坐在地上，清麗的臉半張都腫了起來，嘴角還淌著血，她捂著臉，滿眼絕望。

凌妙妙倒吸一口冷氣。打人不打臉……這謎一樣的劇情，似乎嫌矛盾不夠激烈，就不能體現男女主角的愛情有多麼多舛似的……

傀儡怔怔地望著地上那個脆弱的人影，眼中再次閃過迷茫的神色。幻妖從椅子上跳下來，一步步走到慕瑤面前，看著她狼狽的神情，嘻嘻笑道，「打臉都趕不走呢，既然這樣想留，那便住下來吧。」

住下來——這既是邀約，也是挑釁。意味著她們二人能有機會再次接觸柳拂衣，但也避免不了每天注視著他被幻妖操控、對她唯命是從。

慕瑤抿緊嘴唇不言語，嚥下羞辱應了邀約。

幻妖貼近她的耳朵，輕笑道，「妳不是問我給他喝什麼嗎？沒有心臟的柳哥哥要靠喝血維持生命，既然妳來了，從今以後這項工作便由妳代勞。」

渾身上下都叫囂著疼痛，宛如全身的骨頭都被人揉碎了。

眼睫微顫，光暈模糊成一片，屋裡飄浮著脂粉香氣。他睜了眼，白紗帳頂上繡著牡丹，紅彤彤的一片，忽遠忽近，看不清楚。

眼前明明有光，卻像是冬天的雪花，覆蓋在他的眼皮上，沒有一絲暖意。

好冷……雙手用力撐著身下的床榻，掙扎著坐起來，夏天的竹蓆子在手掌印下幾道痕跡。

一陣天旋地轉，伴隨著激烈的耳鳴，隨即耳邊傳來白瓷勺子刮過碗邊的碰撞聲。

眼前女子茂密的黑髮盤成貴氣而複雜的髻，插著一支剔透的翡翠髮簪，兩耳的水滴形耳墜搖晃著，正低眉攪著手中的藥汁。

她的白色外裳在腹部鬆鬆地打了個結，赤色抹胸襟口開得極低，幾乎要露出大半酥胸。

「來，把藥喝了。」她抬頭，露出妝容精緻的一張臉，雙眼眼尾上挑，像兩隻小鉤子。

面前這張臉猶如洪水猛獸使他恍了神，即刻向後警惕地退去，冷淡地開了口，「……蓉姨娘？」

出口的卻是幾年前的童聲，還帶著點變聲期的沙啞。

他想起來了，昨天剛歷練歸來，他受了重傷需要臥床三日。只是……他環顧四周，屋裡的豪華擺件、脂粉香氣都與他格格不入，他怎麼能睡在她的房裡？

那女人微蹙眉頭，勾人的眸中露出一絲不滿，「小笙兒，你怎麼叫我姨娘，我是你娘啊。」

「……」男孩怔了半晌，抱膝坐在床上。小臉蛋半埋在胳膊裡，露出一雙秋水似的黑眸，眸中滿是冰涼的不安和抵觸，「蓉姨娘，妳爲什麼叫我小笙兒？」

女人用力將勺子往碗裡一放，孩子氣地與他生氣，「娘一直叫你小笙兒的，你不記得了嗎？」

娘？小笙兒……

頭痛驟然襲來，如浪潮蓋過了他，剛醒來時的眩暈想吐似乎捲土重來，轉瞬便意識模糊。眼前再變得清楚時，女人已經坐在床邊，一勺一勺地餵他喝藥。

勺子靠近了唇邊，中藥濃郁的苦味順著熱氣往上飄，他故意閉緊牙關。

「喝啊。」她溫柔地哄。見他不張嘴，低頭思索了片刻，點頭高興道，「小笙兒嫌藥苦是不是？娘這就去給你加塊糖。」

而他一把拉住了她的裙襬，十二歲的臉與十八歲的臉重疊交替浮現，分不清是莊周夢蝶，亦或是產生了幻覺。他忍著頭痛，問出了聲，「妳真的是我娘？」

「我是你娘啊……小笙兒。」

天旋地轉……好冷……像是整個人泡在冰洞裡，連血液都被凍得滯塞起來，四肢被困在雪中，棉被一般的雪在融化，冰得手腳生疼。

恍惚中他在雪地裡行走，留下一地整齊的腳印。前方是少女時期的慕瑤，高挑瘦削，模糊成光暈，與天際和雪原融爲一體。

「阿姐……」

少女驚異而茫然地回過頭，「你是誰？」

他的頭暈得厲害，「我是阿聲啊，是妳弟弟……」

慕瑤滿眼詫異，許久才笑道，「小弟弟，你恐怕是認錯人了。我娘膝下無子，蓉姨娘只有我一個女兒，哪裡來的弟弟？」

她好笑地搖搖頭，回過頭去，拋下他越走越快，身影漸漸消失在茫茫大雪中。眼前純白一片，飄落的大雪覆蓋在他肩頭。

「蓉姨娘只有妳一個女兒……

「那我……又是誰……」

頭痛尖銳刺骨，如同植物根系要紮根顱骨，霸占他整個身體。他在痙攣般的痛楚中反覆失去意識，直至疼痛消退的間隙，才後知後覺地在退朝中記起什麼。

原是夢中夢。是真是幻，他腦子裡混混沌沌，一時間還分不清楚。

只是，裂隙……裂隙下面還有人等著他。

神智終於盡數回歸。

天色漸暗，他還泡在冰冷的溪水裡，身上帶著傷。若此時不抓緊時間起來，等陰陽裂轉到陰面，溪水化作暗河，又是一場無妄之災。

少年掙扎著爬向岸邊，用盡全身力氣靠在樹幹下。溼透的衣服彷彿有千斤重，溼淋淋地貼在身上，又潮又冷。

風吹動樹林，青草發出潮溼的清香。林中似有仙子經過，化作一陣香風到了他身旁。那陌生又熟悉的身影蹲下身，口中哼著天真無邪的曲子，輕柔地靠近了他。她髮上熟悉的梔子香馥鬱，聞著便像醉臥百花間。

赫然是他心中所想。先前他嫌棄的這股梳頭水香氣，現在卻彷彿是他活著的唯一證明。

恍惚中，從林中而來的少女勾著他的脖頸，在他頰邊落下冰涼輕柔的一吻。她柔軟的唇像天邊雲朵、山間流嵐。

他猛地攬住她的腰，將人抱坐在腿上，扣著她的十指，俯身吻了下去。似乎要將這朵雲禁錮在懷裡，再用力揉進胸膛，只要不放她飄走，就永遠屬於他。

少年緊閉雙眼，纖長的睫毛翹起，在她唇上輾轉流連，似乎所有暴烈情緒，都在山間雲間得以溫柔寄託。

許久才將她鬆開，伸出手指來回撫摸著她紅潤的唇，聲音有些暗啞，「妳不是跳進裂隙裡了嗎？」

她的手指輕柔地掃過他的頰，黑白分明的杏眼中有著無限憐惜，「是啊，所以我只是你的幻夢。」說罷，懷中的人影立即消散了。

月光如銀紗，籠罩著少年蒼白的臉。他茫然地望著空蕩蕩的膝頭，驟然驚醒，似乎有些不敢相信這場夢只是虛妄。

劈哩啪啦，樹葉被打得上下搖晃，帶著土腥味的冰涼雨點落在臉上。

先前還是豆大的水滴，即刻變成了瓢潑大雨。暗河裡滿是濺起的叢叢水花，芭蕉葉被打得抬不起頭，細密的水霧裡，雀鳥被打溼翅膀，在雨中艱難地低飛。

慕聲抹了一把臉上的水，仰頭接雨，水汽氤氳的黑眸在雨簾裡越顯溼潤，似乎帶上了溼漉漉的潮氣。

他慢慢垂眸，在懷中摸索，拿出個皺成一團的紙包。因為被水泡過的緣故，紙和紙沾連到了一處。

雨滴順著他的臉頰流淌，聚集在蒼白的下巴，旋即順著下頜流進衣領裡。

他靜默地掀起兩片紙的邊緣，在大雨中極具耐心地將它慢慢分開。五顆飽滿的紅棗堆疊在一起，只是糖衣有些化掉了，流淌著黏糊糊的糖汁。

「這是金絲蜜棗，專補血的。

「我爹說了，每天吃紅棗，健康不顯老。

「留著以後吃。」

她用冰涼的手指餵了他一顆棗，隨即霸道地封住他的唇，不容拒絕地請他感受這份甜。陽光從高聳的竹林間落下，像絲絲縷縷的糖，鳥叫啁啾，她的手指便在他無聲的輕吻之下。

被打溼的黑髮黏在臉頰上，雨水順著他的髮梢滴滴答答地流下。他的臉色有些發青，嘴唇在深夜極低的溫度下不自知地細微戰慄著。

他緘默地放了一顆蜜棗在嘴裡，感受遲來的甜蜜慢慢化開。是甜的。

黑眸閃動，仰望著不見星星的夜空。視野裡無數雨絲自廣袤蒼穹落下，閃爍著銀光，如同千萬根針俯衝而下，要將大地戳成千瘡百孔的篩子。

他忍耐著黑暗和冷，舔了舔唇邊遺留的甜。裂隙，總會再開。

「外面可能下雨了。」

小砂鍋裡咕嘟咕嘟沸騰著湯藥，中藥味中混雜著一絲稀薄的血腥氣。淩妙妙拿著扇子，不熟練地俯身瞅著火，鼻頭黏了一小塊灰。

「妳怎麼知道？」慕瑤低眉包紮著手腕上的傷口，臉色有些蒼白，但仍然平和地微笑著。

「我覺得今天地下格外的潮溼。」妙妙苦大仇深地盯著爐火，煩躁地搧起了風，吹得那爐火左搖右擺。

人不愛住地下室都是有原因的，常年不見陽光和藍天，心情容易變差。淩妙妙在地宮住了三四天，感覺自己變得越來越暴躁。

地宮構造與李府布置一模一樣，可能是幻妖只住過李准的家，所以認為人類的房子都該是那樣，就依樣畫葫蘆給自己建了座一模一樣的。她們就住在先前在李府住過的相對應房間。

可是這地下世界就像是精美的仿製品，即使再巧奪天工，也終究比不上真實世界。相比之下，慕瑤表現出了超乎尋常的耐性。

幻妖提出的條件很是欺負人，不但晨昏定省召她們來，故意給她們看著被做成傀儡的柳拂衣為她鞍前馬後，曖昧至極，還要慕瑤每天放一點血，給柳拂衣煮藥喝。

凌妙妙這幾日才感受到女主角外柔內剛的脾氣體現在哪裡。慕瑤不僅答應幻妖的要求，還堅持了好幾天，忍著心痛如絞，面無表情地等待著時機。

只是……背後落下一個高大的影子，是柳拂衣來到了廚房。

三個人擠在廚房，一時有些侷促。

妙妙對傀儡感到心情複雜，昂起下巴，擋在慕瑤身前，「你來幹嘛？」

靛藍色袖口中伸出骨節修長的手，他端起案板上擱著的空碗看，像是在緩解與生人對話的尷尬，神色冰涼冷淡，「楚楚讓我看看妳們熬好藥了沒有。」

「好了。」慕瑤語氣平靜地垂眸，接過他手上的碗，掀開砂鍋蓋子盛了一碗，擺在托盤上。

她白皙的手腕上包著手絹，隨著動作，手絹上透出斑斑點點的血跡。傀儡無動於衷地望著那傷口，不知道在想些什麼。

「拿去吧。」慕瑤平和地遞過托盤，只是沒有看他的眼睛。

柳拂衣轉身欲走，一隻手突然攔住了他的腰，低頭一看，是雙晶亮亮的杏子眼。少女抬眼瞪著他，像虛張聲勢的小老虎，「慕姐姐放血給你熬藥，不說一句謝謝嗎？」

他怔了一下，旋即冷淡道，「多謝。」柳拂衣如謫仙般的身影飄然遠去。

身旁的人影驟然一歪，案板上的勺子被撞掉了，噹啷一聲摔在地板上。妙妙在猝不及防的混亂中，眼疾手快地架住了慕瑤。慕瑤的臉色唇色都因失血而蒼白，扶住自己的額頭，眼神渙散。

意識清醒時，她已靠在冷硬的椅子上，一個碗挨著她的唇。碗中熱氣飄浮上來，蒸在她臉上。

「慕姐姐……」她睜開眼，淩妙妙的臉頰紅撲撲的，站在她身前，將碗傾了傾，熱水灌進她的嘴裡，「妳可能貧血了。我借用了一下廚房的砂鍋，喝點熱水吧。」

她急忙抬手接過碗，端起來抿了一口，燙口的水入了肺腑，熨帖人心。

淩妙妙摸遍全身上下，一時赧然，「呀，紅棗沒帶在身上——」旋即又笑，眼眸亮晶晶的，「廚房裡連塊糖也沒有，櫃子裡都是空的，裡面還有這麼長的小蟲子，腳比蜈蚣還多。」她伸出手誇張地比劃了一下，滿臉嫌棄地皺起鼻子，語氣歡快，「幻妖造廚房只造了個空殼子，跟堆沙堡似的，妳說可不可笑。」

慕瑤無聲地抿著水，幅度很小地勾了勾嘴角。眼淚落進熱水裡，打出幾叢小小的水花，「妙妙，坐下來歇歇吧。」

妙妙無措地盯著以碗遮臉的慕瑤，難道她的安慰神技沒起作用，還把女神弄哭了？

她蹲下來，像隻小貓一樣趴在慕瑤的膝頭，仰頭向上瞅她的臉，「慕姐姐，我昨天做了個夢，夢見妳和柳哥哥成婚了，先在無方鎮住了幾年，然後繼續遊歷江湖。你們生了三個孩子，兩個男孩一個女孩，男孩們老是打架，女孩長得像妳。我做夢一向很準的，我們一定能出得了裂隙。」

慕瑤放下碗，已經巧妙掩藏起了眼淚，柔和地望著她笑，「既然我與拂衣成雙成對，那妳呢？」

「我……」妙妙頓了一下，回過了神，「我做孩子的乾娘吧……」她眼珠子一轉，露出一個相當邪門的笑，「難道慕姐姐肯讓我做小的，我們姐妹二人共侍一夫？那我倒是沒什麼意見，柳大哥想必也願意得很。」

這樣離經叛道的話，先前她肯定會目瞪口呆，或許怒火中燒，可是現在慕瑤知道她是什麼用意，被她逗笑了。

不見天日的地宮裡，兩個人一蹲一坐，面對面笑了一會，笑得像未出閣的小女孩，在閨房裡拍著手玩家家酒。

慕瑤心裡一陣鼓脹脹的暖意，同時也幾乎確定，淩妙妙對柳拂衣無意。她是個好女孩，值得最好的對待。

只是真會如她所說，自己能毫髮無傷地熬過此難，與他白頭偕老嗎……

「慕姐姐。」妙妙斟酌了一下，開口道，「妳知道幻妖是怎麼把人做成傀儡的嗎？」

慕瑤端碗的手顫了一下，「先掏心，再用咒。」

「那妳說……」妙妙開始玩自己的手，漫不經心地問，「要是把掏出來的心安回去，會怎麼樣？」

慕瑤似乎猛地一怔，隨即傾過身子，附在她耳邊，「不瞞妳說，我正有此意。」她壓低聲音，「這幾日我四下觀察過，地宮構造跟李府相仿，只是廳堂裡那屏風後面有些文章。」

「廳堂後面……是十娘子夫婦和楚楚的臥房？」

「是。那麼多間房裡，只有那一間門口設了封印。正如妳所說，幻妖造的這處地宮只是座空殼，按理說也沒有防盜的必要，如果她設下封印，想必只有一種可能——裡面存放了貴重的東西。」

妙妙仰頭，「比如柳大哥的心臟？」

二人對視，慕瑤眼裡半是期望，半是深重的焦慮。

淩妙妙知道慕瑤在愁些什麼。她們兩個落在幻妖的地盤，美其名曰做客，其實就是變向囚禁。幻妖陰晴不定，哪天心情不好，隨時可能將她們處以極刑。想要在這種條件下搶奪柳拂衣的心臟，無異於天方夜譚。

但要想自行脫困，並救下柳拂衣，似乎只有這一條路。

事實上，原著的劇情就是這樣發展的。涇陽坡一節的末尾，慕瑤經過數天籌畫，想辦法進入了那間加有封印的密室，決心奪回柳拂衣的心臟。

可是幻妖的心思九彎十八拐，陰毒至極，其實是刻意做出假像引誘慕瑤上鉤，故意布好了殺局等著她。

但慕瑤畢竟是慕家家主，幻妖為了一舉將她殺滅，不得不向天地日月借力。幻妖自己又不願離開主戰場，於是打開了裂隙，令午夜的月光照進了地宮。

千鈞一髮之際，守在裂隙旁邊的慕聲趁機跳下，將主角一行人救上了岸。

想起黑蓮花，淩妙妙就頭痛。她的穿書任務對於男女主角的劇情幾乎毫無影響，可是打從慕聲遇到了她，路線似乎就有些走偏了。

太倉郡一章，慕聲沒有害死淩虞一家；長安城一事，慕聲又為她兩度使用禁術，加速了黑化過程。

到了涇陽坡這裡，她對慕聲喊的那一聲如果起效，或許會對他黑化的時間點產生影響。但更別說作為他主戰力之一的收妖柄，有一只送給了她。

如果蝴蝶效應成立，現在掀起的可能早就不只一場颶風，恐怕是世界毀滅的慘劇。她根本不能確定慕聲在上面是怎麼樣的情況，更無法百分之百保證，他能在那個千鈞一髮的時間點準確地趕來救慕瑤。所以……

「慕姐姐，我們不要再觀察了，明天就去搶柳大哥的心臟吧。」

慕瑤愣住了，「明天？」

既然幻妖有意做局，趁著陷阱還沒做好提前出手，打她個措手不及，或許能改變劇情發展，讓主角一行人少些曲折？

幻妖慵懶地靠在椅背上修剪指甲。小小的十隻手指都塗了紅豔豔的丹蔻，與她血紅的唇、眉間的戾氣一樣，看起來有些不協調。

不是她酷愛這具五歲女孩的身體，而是天生地長的幻妖，唯一的弱點便是無法化人形。眼下只有這具現成的軀殼能為她所用，為此她還蟄伏了許久，想來也真是委屈。她便將這種煩悶發洩到了這幾個自不量力、被她耍得團團轉的方士身上。

「柳哥哥……」她的眼皮微掀，懶洋洋地喚，「我有些餓了。」

柳拂衣立在她的身旁，如同忠心耿耿的騎士，聞言立即恭順而體貼道，「我去廚房給妳拿些吃的。」

幻妖鼻子裡「嗯」的一聲，露出了詭豔的微笑，「好。」

柳拂衣走遠，腳步不疾不徐，連背影都流露出一種遺世獨立的氣質。

幻妖伸手看著自己剪好的指甲。其實這地宮就是座空殼，廚房裡什麼食物都沒有，所謂的生活，不過是依照著李府的日子做個樣子。只是數百年來孤獨寂寞，現在有這個傀儡陪伴，哪怕這人間煙火都是假的，她也覺得十分滿意。

柳拂衣進了廚房。廚房裡只有淩妙妙一個人，少女穿著一身淺碧色的衫裙，側著身站著，正低頭看著砂鍋，灶卻是冷的。

「怎麼不熬藥？」他無聲地靠近，偏冷的靛藍色衣襬隨風而動，帶著一股陌生的威壓。淩妙妙抬頭，滿眼惶惶然，欲言又止怯怯地道，「柳大哥……」

「怎麼了？」他冷淡地問。

少女伸出細細的手指，小心翼翼地指了指灶臺，吞吞吐吐，「火……」

他紆尊彎腰去看，只見黑洞洞的灶裡柴火淩亂地堆著，皺起眉頭，「火怎麼了？」

她的聲音在他頭頂響起，有些縹緲，「火點不著……」

柳拂衣鬆了口氣，還以為出了什麼大事，原來是這種雞毛蒜皮的小事。他剛要起身，淩妙妙背在身後的手猛然伸出，握著客廳插紅梅的那只白瓷瓶，「匡啷」一聲砸在他後腦勺上。

碎瓷片崩裂一地，點點血跡如紅梅，滴滴答答綻放在碎片上。柳拂衣的身子順著灶臺無聲地滑下，伏在了地上。

「柳大哥……對不住，回頭讓你打回來……」淩妙妙心跳不止，兩腳不自覺地抽筋著。她以一個非常扭曲的姿勢，咬牙拖著柳拂衣的身體移了個位置，扶著他靠坐在灶臺邊。

他的幾縷長髮遮住了臉，妙妙將他的臉擺正，將頭髮理好，乍看起來像是坐在地上小憩。

她把地上的殘局用腳撥到了一邊，從袖中抽出僅剩的那五張符紙。因為手抖得太厲害，抽了三次才成功抽出來，手心都被汗打溼了。

她一面按照慕瑤教她的陣法，繞著柳拂衣在四周的地上貼符，一面豎著耳朵聽外面的動靜，生怕一個不注意幻妖便聞聲而來，掐斷她的脖子。

貼好最後一張，幾張符紙上的字跡便同時閃爍起來，相互感應。這表示她貼的位置沒有偏差，即刻便能生效。

淩妙妙拍拍裙子站起來，倒退著走出了符紙圍成的圈。臨到門口時，她用門邊靠著的竹杆猛地將砂鍋一撥，陶瓷砂鍋滾落到了地上，轟鳴著破碎，發出巨大的響聲。

她扔下竹竿，轉身飛快地跑出了廚房。走廊不受光，幾乎漆黑一片，全靠著梁上冷紅的六角燈照亮。她拎著裙子敏捷地跑過時，六角燈便隨風而動，垂下的流蘇來回旋轉。

她閃身進了廳堂，藏在巨大的屏風背後。透過屏風的縫隙，能看到正在修剪指甲的幻妖扔下剪刀，跳下圈椅狐疑地往廚房走去，小小的女孩走路像貓，幾乎沒有聲音，「柳哥哥？怎麼了？」

幻妖走遠了。屏風背後，那間始終鎖著的房間「吱呀」地開了一條縫，妙妙透過門縫，看見慕瑤清冷的琉璃瞳。慕瑤對她點了點頭，旋即無聲掩上了門。

六角風燈的搖晃慢慢停止，地上恍惚的團團紅光不再晃動，一切重歸寂靜。淩妙妙溼透的後背貼在冰冷的牆面上，幾乎把自己站成一根柱子。

如果運氣好，幻妖一旦靠近被打昏的柳拂衣，就會被那五張符紙聚成的陣暫時困住。慕瑤要趁此機會進入幻妖的房間，奪回柳拂衣的心臟。

按她們商量好的，妙妙站在門口把風，一旦形勢有變，即刻敲三下房門，提醒慕瑤出來。妙妙一個人站在屏風後，惴惴不安地盯著轉角，好幾次盯花了眼，杯弓蛇影地看到了幻妖的衣角。

隔著一扇門，後方的房間很大，以一張繡著青竹的屏風一分為二。靠門是十娘子和李准睡的大床，這些日子，幻妖令柳拂衣睡在這裡，以便供她隨時差遣。

床上的帳子規規矩矩地掛著，被子也疊得整整齊齊，床單上不見一絲褶皺。是柳拂衣的風格，慕瑤淡笑。

房間本就只靠燭火照亮，還有屏風格擋一層，顯得昏暗曖昧。慕瑤的目光逡巡一周，沒有發現異常，繃緊脊背繞過屏風。

屏風後是一張小床，枕頭旁邊有幾隻被開膛破肚漏出棉絮、東倒西歪的布偶，有小老虎也有娃娃，旁邊是膨起的枕頭。枕頭對五歲的女孩來說，顯得有些太高。慕瑤緩緩靠近，伸出纖長手指，將枕頭掀開了一個角。

枕下果然有個成人巴掌大小的漆黑盒子，她的心跳急促，將盒子抽出來。盒子緊緊閉著，開口處以小兒塗鴉的筆法畫著一隻鎖，她兩手一掰，沒能打開。這鎖是幻妖畫的封印。

她背上的汗水溼透衣衫，一手摟住那硬物，一手在懷裡迅速摸出張符紙，蓋住了鎖。符紙貼上的剎那扭動一下，接著起了皺，即刻燃成了灰燼。

她不信邪，又貼了一張，符紙再次飛速地燒掉了。灰燼滑落的同時，慕瑤發現盒子上畫的鎖消失了。

她心中一喜，顫抖著手掀開盒子。瞳孔驀地放大——盒子裡空空如也。

恍惚中有微風掠過她的頭頂，四下的燭火詭異地搖襬，滿室虛影亂晃。她猛地抬頭，見柳拂衣面色鐵青似鬼，無聲無息地坐在窗口，正面無表情地望著她。

她倒退兩步，裙襬搖晃。地上閃亮的幾個點驟然浮現，匯成個圓，像鐵籠子的底蓋等著收網。

「轟隆隆隆——」

地宮猛然晃動起來，讓人有種船行水面的錯覺，隨即山水風景如水當頭潑下，成了一條銀亮的光帶。月光照亮的地方，甚至可以將屏風上繪畫的幾絲啞墨照射得分毫畢現。

裂隙開了！凌妙妙不敢相信自己的眼睛。按原著劇情，要等幻妖正面對上慕瑤，才需打開裂隙借天地之力。可是她們已經提前行動，事情還算順利；幻妖一去就沒回來，廳堂裡只有她一個人，裂隙怎麼突然就開了？

她死死盯著緊閉的那扇房門，難道在她的眼皮底下，慕瑤還是出事了？

身前一道黑影掠過，帶過一陣混合著花香的甜膩氣息。妙妙被推著倒退幾步，踉蹌著退進了黑暗裡，隨即被猛地壓在牆上。

脊背驟然挨住冰涼的牆面，她本能地想要逃離，但那人影已經貼了上來，用身體將她死死挾制於牆面，並在妙妙尖叫出聲之前，一把捂住了她的嘴。

凌妙妙瞪著眼睛，看到屏風縫隙裡掠過幻妖紅色的衣角。小女孩陰鬱無聲地走回了廳堂，面無表情地環繞一周。

錯開幻妖掃視目光的瞬間，凌妙妙打了個寒顫。她的睫毛輕顫，低眼往下看，黑暗裡伸手不見五指，再看也是枉然。

心跳一陣紊亂，剛才若沒有這一躲，她就是個暴露在幻妖面前的活靶子。

二人緊緊貼在一起，她的睫毛快要掃到他胸口的衣襟上，她幾乎被慕聲的氣息包圍了。

看來只要裂隙一開，慕聲就會來，劇情沒有因為她的自作聰明發生任何改變。

只是……手心滾燙的溫度傳遞到她的唇，簡直像是用熨斗燙著她的嘴。這人發燒了，還燒得不輕。

幻妖繞了一圈又離開。慕聲放開手倒退一步，轉身走到有光的地方，妙妙離開牆，提起裙襬跟著他走了幾步。

慕聲轉過身望著她，聲音很輕，話中的譏誚之意聽起來恍若隔世，「妳以為擋住自己的臉，幻妖就看不見了？」

對喔。她猛然反應過來，屏風下面是會露出腳的，一葉障目不過如此，她怎麼犯傻了呢？

「怎麼了？」慕聲見她低著頭沉默不語，捏住她的下巴，抬起她的臉，強迫與自己對視。

凌妙妙愕然望著他那雙熟悉的黑眸，旋即慢慢低垂眼睫，目光小心地落在他抬起自己臉的手上。

這樣有侵略性的動作，從前他是不會做的。在原著裡，慕聲被一個人留在裂隙外，心裡怨恨姐姐在乎柳拂衣甚至不顧惜性命，在跳下裂隙時，已經是朵黑化的黑蓮花。

可是現在情況又有些不同，妙妙加速推動劇情，裂隙也跟著提前打開。跳入裂隙的慕聲比原著裡狼狽得多，他的臉色異常蒼白，顯然是放了血又生了病，讓她有點擔心他會不會下一秒就直接昏倒。

如果是黑化了，他不可能放任自己這樣不體面地出現；若是他沒能黑化，現在這種反應又是……

在強迫的四目相對下，她的眼睛眨了眨，「你……發燒了。」

慕聲怔怔地鬆開手，有些迷惘地盯著少女的臉，只覺得心裡混沌一片。離得這麼遠，她也能看得出？

妙妙伸手，想看看他肩上的傷口是否癒合，又怕弄痛他，便輕輕摸了摸他肩下的衣服。是溼的。

她忽閃著黑白分明的眼睛，瞪著慕聲，有點生氣地道，「……你聽見我跟你說的話了嗎？不可能沒聽到吧，我喊得那麼大聲，半個涇陽坡都聽得見。我不是說保命要緊嗎？你怎麼把自己搞成這樣？」

他望著她欲言又止，半晌才垂眸，聲音輕不可聞，「我聽到了。」

聽到了。那句話像是被瞬間釘進木樁裡的釘子，像是不容拒絕劃開天幕的閃電，午夜夢迴，依然是這清脆甜蜜蜜的最後一句。

可是，有什麼用呢。不過是一句話的功夫，用不了她一席的功夫，眼前這人卻可以為了柳拂衣跳進裂隙。

他漸冷的目光落在她的腰際，猛然抬眼，眸中有驚怒閃過，「香囊呢？」

妙妙指指懷裡，一臉無辜，「我放在這啦。」

這個動作有些歧義，恍然間讓他覺得，她似乎是在指著自己的心。

妙妙隔著衣服摸著懷裡的香囊，嘴裡抱怨，「你這個香囊，要繫就繫緊些，不要動不動就掉了，害我在地上到處找。」

他眼中迅速蕩出幾絲奇異的情愫，如同在湖裡漂的石子，一圈一圈溫柔的漣漪蔓延開來。他長長的睫毛傾覆下來，遮住了眸中情緒，「嗯，回去以後繫個不會掉的。」

# 第十三章

# 十娘

HEILIANHUA
GONGLYUE SHOUCE

風聲捲動帳子，將作為格擋的屏風吹得喀噠作響。

柳拂衣毫不留情地一掌襲來，慕瑤在地上打了個滾，堪堪避開，避無可避，半坐在了陣中。順而直的黑髮散落下來，覆蓋了肩膀。

她的左腳踝已經受傷，站不起來，對峙的後半段幾乎都是貼在地上進行的。柳拂衣的攻擊數次擦過她的臉，差一點就能要了她的命。她若不慎落入陣中，就只能死在他手下。

她從沒想過，即使到了這一步，自己依然捨不得對他出手。

傀儡收回掌，冷淡地看著坐在陣中的少女，彷彿看著一隻終於被關進籠中的鳥。

「拂衣。」慕瑤竟然對他笑了笑，笑得破碎而哀傷。

傀儡空洞的眼中生出了一絲遲疑，似乎在疑惑眼前之人為何只守不攻。

這刻，窗戶被人推開了。紅裙子的幻妖懶洋洋地坐在脆弱的窗框上，兩條腿懸在窗邊，輕輕一招手，傀儡便畢恭畢敬地回到她身邊。

慕瑤望著幻妖，心裡暗嘆一聲。她和淩妙妙都只顧著門，殊不知上了封印的門只是個幌子，窗戶才是進出的通道。他們二人從後院繞進來，沒有經過廳堂，淩妙妙在外守得再緊，也是白費功夫。

「柳哥哥，幹得好。」幻妖裂開血紅的唇，綻放出一個詭異的笑。

柳拂衣站在她身邊垂首，「裂隙已開，是否趁此時……」

慕瑤的臉色霎時慘白，唇畔浮上一絲絕望的笑。裂隙一旦打開，幻妖便可借天地之力將她置於死地，而這居然是由柳拂衣提醒的。

「不急。」幻妖滿意地欣賞著慕瑤慘澹的神色，「外面還有一個——不，是兩個。」她意味深長地望著屏風後緊閉的房門，鮮紅的嘴唇輕啟，「給他們來個大團圓。」

地宮裡陰暗潮溼，悶得人心頭發慌。好在裂隙開著，送進了柔和的月光，一點稀薄的新鮮空氣也慢慢湧下來，帶著溼漉漉的氣味。

外面的雨應該是停了。想到這裡，淩妙妙抓著慕聲的衣袖多摸了幾下，「淋雨了？」

少年掀起眼，半晌才道，「……這妳也知道？」

說這句話時，妙妙恍惚中有種錯覺，覺得眼前的人瞬間變成一隻渾身的毛都溼答答的小狗，心裡的委屈都漫成了河，還抿著嘴角一聲不吭，只用烏黑的眼睛欲言又止地望著她。

妙妙噗哧地笑了，但身在地宮不敢放肆，她立即捂住了嘴，壓低聲音，亮晶晶的眼裡閃爍著得意，「我很聰明吧？」

慕聲看著她，眸中流露複雜的情緒。

她嬉皮笑臉地追著問，「你怎麼不躲躲雨呀？」

少年斂眸轉身，「我送妳上去。」

按照原書中設定，幻妖乃天地托生，是無敵的反派。除非用柳拂衣破格的九玄收妖塔將其一舉殲滅，否則只有被打的份。就算是主角一行人也惹不起，只能先躲開。

慕聲顯然也明白這個道理，想快點把她們送出裂隙，先擺脫眼前的困境。

「叮——系統提示：攻略角色【慕聲】好感度升至八十五%，請再接再厲。提示完畢。」

「叮——系統提醒：任務一，四分之三進度附加任務現在開始，請玩家說服攻略角色【慕聲】拯救角色【柳拂衣】。提醒完畢。」

淩妙妙把到了嘴邊的「好啊」硬生生吞了下去，沉浸在連收兩條系統通知帶來的巨大震撼中。

原著中黑化的慕聲跳下裂隙，想要將姐姐帶出去，而慕瑤堅持要將柳拂衣的心臟搶回來，軟硬兼施不肯走。慕聲沒有辦法，只好替她去將柳拂衣也救了回來。

沒想到伴隨著攻略階段性成功的同時，原本屬於女主角的劇情也莫名其妙加給了她，難道是系統對於她篡改主線劇情的懲罰？

她聯想到明明應該被困在陣中，現在卻毫髮無損到處遊蕩的幻妖，心中一沉。本想讓慕瑤少受些苦才取巧篡改劇情，誰知弄巧成拙，難道慕姐姐傷得連這個任務都完成不了？

她立即搖搖頭，指指屏風後那扇緊閉的房門，「慕姐姐還困在裡面。」

慕聲順著她的目光一望，眼眸沉了下來，「我知道。妳先上去，我會將阿姐帶上去。」

他說著就拉住妙妙的手臂，只見少女惶惶不安地抽開手，頭搖得像撥浪鼓，「我不走，我要留在這裡救柳大哥。」

又來了。他感到自己一陣氣悶，但還是勉強壓制住火氣，冷聲道，「妳留在這裡也沒什麼用，只會添亂。」

凌妙妙的眼睛在黑暗中極亮，滿眼都是不信任，「那你會幫我救柳大哥嗎？」

慕聲斂眉，抿著嘴沉默半晌，吐出的話像是被凍住似的，「我憑什麼？」

其實他與柳拂衣沒有什麼深仇大恨，這一路相攜而來，多少還算有些感情。何況他深知阿姐對那人的依賴，必不會棄之不顧。只是此時凌妙妙臉上的不安和懷疑讓他滿腹火氣，簡直要生生炸開，忍不住遷怒了柳拂衣。

「我就知道你不會。你只顧慕姐姐，到時你救走了慕姐姐，柳大哥就沒人管了。」

少女黑白分明的眼中罕見地浮現出一層薄薄的水光，在幾步之外倔強地瞪著他，像是在跟他對壘，「所以我不走，死也要和柳大哥死在一起。」

「妳……」

妙妙睨著黑蓮花的臉。少年的臉色都變了，黝黑的眸中彷彿流淌著沉鬱的星河，纖長的睫羽一動也不動，四目相對，他眼裡怒火滔天。

他半天沒說出話來，也放棄跟她拉扯，直接走過來一把箍住了妙妙的腰，不顧她不停掙扎直接拖著走，眼眸暗沉，薄唇輕啟，「上去。」

沒想到黑蓮花居然仗著力氣優勢強行要救她，眼看任務就要失敗了。凌妙妙一慌，眼裡醞釀了半天的委屈淚水沒忍住，嘩啦一下流了滿臉，「……別碰我。」

慕聲驟然放開了手。他覺察到她居然在發抖，再回頭一看，整個人僵在原地，彷彿是被人迎面澆了盆冷水。

她居然哭了，被他嚇哭的。

他冷眼瞧著凌妙妙拿袖子無聲地擦眼淚，手指在袖中攥成了拳，潤澤的眸中先是盛怒，隨即茫然。

柳拂衣不在時她正常得很，一旦事關柳拂衣，她總是要將自己推到敵方陣營，似乎跳著跑著都要躲開他，投向柳拂衣的懷抱，彷彿一點關係也不想跟他扯上。

是的，到底柳拂衣才是獨一無二，她心之所屬。他的手攥得更緊，連關節都悶痛起來，卻仍是抵不過心口奇怪的酸澀和空洞。

「妳就這麼討厭我？」他的語氣裡含著自己也沒想到的失落。

少女驟然停止擦淚，碧色髮帶垂在白皙的頰邊，睜著發紅的大眼睛，一臉振奮地望著他，清脆道，「我不討厭你啊，子期。你若是不計前嫌救柳大哥，那我就更喜歡你了。」

他就像被關在籠中的困獸，只要向前衝便會狠狠撞在籠子上，偏偏縫隙裡看得到外面誘人的食物，引得他不住地往前衝撞。隨後一隻胳膊伸進來，餵了他一塊肉，又摸摸他的頭，鼓勵他再接再厲，繼續自傷。

慕聲默然盯著她很久，眸中沉沉，看不出到底是什麼情緒。淩妙妙提心吊膽地望著他，觀察了許久，心裡也有點急了，「子期，抓緊時間啊，慕姐姐很危險的。」

他慢慢逼近了她，伸手拍了過來。淩妙妙閉眼一躲，那一掌擦著她的耳朵過去，才發現他是往牆上狠狠拍了一張符。

隨後，他掀襬蹲下身，以她為中心，在地上描了個半圓。淩妙妙的裙襬時而擦過他的衣服，慕聲站起來，望著她半晌才道，「妳站在這等我。」

淩妙妙心中興奮，點頭點得像隻雞在啄米，期望他快點去救慕瑤和柳拂衣的心臟。誰知他非但沒走，還欺近幾步，幾乎將妙妙逼得嵌進牆裡。

少年低頭看著她的臉，黑潤的眸像是冰涼冷硬的曜石，看上去倒真有幾分威壓。他的聲音放得極輕，幾乎是貼著她說話，「要是再亂跑，就斷妳雙腿，拿鎖鍊牽著，聽見沒有？」

仰著頭的少女一開始還有些緊張地望著他，聽到最後，竟然滿臉無知無畏地笑出了聲，「你若是能救回柳大哥，我讓你遛遛也不是不行。」

慕聲陡然僵住，黑眸中的怒火幾乎要溢出來了。真是……好得很。

妙妙眨了眨眼，看著慕聲滿臉鐵青地指著她的臉，半晌都沒能說出話來，似乎身子都有些發顫了。僵持了一會，他旋身離去，衣袍帶過一陣冷風，像城牆上烈烈作響的旗幟。

站在圈裡的妙妙望著黑蓮花負氣遠去的背影，心裡瀰漫出一種意外的酸澀來。她嘆一口氣，捶了兩下站累了的腿，伸手摸了摸懷裡鼓起的香囊，好像這樣才能安心一些。

誰知慕聲又飛速折了回來，站定到她面前。

四目相對，凌妙妙駭然放下手。少年長長的眼睫輕顫，沉默半晌，扔給她一疊符紙，一言不發地轉身走了。

三更天，月光最盛。無數細小的塵埃在冷白色的光柱中飛舞，如同冬天飄飛的雪花。

慕瑤伏在地上，雙目緊閉，睫毛在眼底投下一層淺淡的陰影，綢緞似的長髮在月光下泛著亮光，如同被囚禁的月宮仙子。

有人慢慢蹲下身來，伸手托起她的手臂，將她從地上扶坐起來，她驟然間驚醒，下意識地握緊了收妖柄。待看清眼前之人，整個人僵住了，似乎是難以置信，「拂衣……」

「噓……」裂隙投下的月光照在他面無血色的臉上，照得他濃密的眉毛根根分明。他細細端詳著慕瑤的臉，帶著無盡的貪戀。

慕瑤握住他手臂，琉璃般的瞳孔在月下幾乎像是透明，閃爍著淡淡的光，「你方才與我交手時……便醒了？」

無心之人，只堪作傀儡。可是有的人即使沒有了心，依然不甘願做一具行屍走肉，他們在清醒與混沌的邊緣，為了信仰與摯愛，想要掙扎著活過來。

他微勾唇角，臉色差得嚇人，幾乎像是已死之人。他伸手捧住慕瑤的臉，手也是冰涼的，「真傻，為什麼不還手？」

慕瑤低眸掩住眼中的淚水，「是我技不如人。」她的手也順著他的頭髮撫摸上去，摸到了後腦勺一大塊結痂的傷口，溫聲道，「還疼嗎？」

柳拂衣笑道，「疼。妙妙那女孩，一點也不手軟。」

門外忽然一陣騷動，慕瑤神色一凜，警惕地望向門外。

「阿聲來了，幻妖暫且能擋他一會。」柳拂衣輕輕道，「瑤兒，我的時間不多了。」

慕瑤搖頭，「你的心臟在哪裡？我一定會幫你找回來……」

「瑤兒。」柳拂衣打斷慕瑤，神色有些疲倦，但仍然是在溫柔地笑著。他從懷中掏出小木塔來，放在慕瑤手上，低垂眼睫，「無心之人，怎堪長久。」

「如果逃不過此劫，今後收妖塔由妳代為保管。」他強行掰開慕瑤攥緊的拳，將小木塔放在她手上，「我把口訣告訴妳……」

「我不聽。」她倔強地抿著唇，臉色蒼白，眼下的淚痣冷清，「你答應過往後不讓我受委屈，說到便要做到。」

柳拂衣的手指放在太陽穴上，似是忍著極大的痛楚。

慕瑤慌亂地扶住他的手臂，「拂衣……」

「瑤兒，妳聽話。」柳拂衣將手放下來，眼底浮現了淡淡的青紫。他反握住她的手想說些什麼，可是要交代的太多，一時竟然不知從何說起，只是重複了一遍，「妳聽話。」

她的眼淚簌簌而下，附耳過去，「那你說，我記著。」

柳拂衣伸手一攬，猛地將她緊緊抱進懷裡，下頷抵住她髮頂，許久才戀戀不捨地放開，在她耳畔念了口訣。

「記得，正對裂隙，借著四更月光催動收妖塔……口訣……不得外傳……」

「好……」慕瑤依在他懷裡，覺得他衣襟似乎沾著如霜的夜露。二人依偎在一起，沉默地聽著門外幻妖和慕聲的打鬥聲，都沒有說話。

良久，柳拂衣拍了拍慕瑤的衣襟，「時間差不多了。」

慕瑤不肯起身，淚水倒灌進嗓子裡，陣陣發苦。

柳拂衣沒有催促，只是望著光柱中蜉蝣似的塵埃，平平淡淡道，「瑤兒，若能過此劫，我們成婚好不好？」

「好。」

他望向門邊，門外一陣詭異的寂靜，「若此劫難過，來世……我許妳鳳冠霞帔。」

門猛地推開，撞在了牆上，發出「砰」的一聲響。架子上擺的小瓷瓶滾落下來，「嘩啦」一聲摔成了碎片。幻妖的紅裙如同猩紅的旗幟，雪白的赤足一步步落在地上，指尖生出刺目的光芒。

慕聲踉蹌幾步，幾乎是被巨大的力量給甩進屋，扶了一把櫃子才站穩。他迅速環視一周，面色一變。阿姐不在。

幻妖的眸子掃過地上空蕩蕩的陣，眉心暴戾之氣頓顯，「人呢？」

柳拂衣畢恭畢敬，垂首站在一旁，半張臉隱沒在黑暗中，「那人鬧得厲害，我將她押下去關進地窖了。」

幻妖並未起疑，放下了心，扭過頭看著一路與她纏鬥的慕聲，露出陰森森的微笑。

慕聲順著她得意的目光向下看，發現自己恰好站在幾個閃亮的光點之間。

幻妖滿臉諷刺，笑得囂張，「果真是姐弟倆，都自己往陣裡鑽，省了我好大的力氣。」

慕聲發覺不對，本能地握緊收妖柄，提氣想要躍出，腳步驟然頓住，隨即臉色大變，跌坐在陣內。

幻妖滿意低頭看他，鮮紅的小嘴微張，「真可惜，若不是關心則亂，你還能再耗我一時半刻。」

她仰頭去拉柳拂衣的手，臉上換上了無辜的笑，「柳哥哥，說好的大團圓，連少一個都很可惜。你把那個女人關在哪裡，帶我去看。」

心臟離體，這一日又沒有喝人血為引的藥，柳拂衣面無血色眼底發青，已顯枯敗之色。幻妖皺起眉頭，似乎想到了什麼，轉身走到地上的少年身邊，附在他耳邊笑道，「你姐姐的血不行，你的血……想必要中用得多。」她把臉與慕聲貼得極近，細細觀察他的表情。

少年不閃不避與她對視，白玉般的臉上一雙秋水似的黑眸，眼尾挑起個小小的弧度，帶著難以覺察的嫵媚。

他眼底竟然含著晦暗的笑，毫無氣急敗壞之色。他的嘴角翹起，那是種挑釁的神色，而且是來自於同類的、邪氣充溢的挑釁。

都已經是手下敗將，還不見棺材不落淚……幻妖驟然起身，陰鷙地走出了房間。柳拂衣跟在身後，無聲地反手閉上門，將慕聲一個人關在屋裡。

安靜半晌，少年慢慢從地上爬了起來，輕巧地邁腳跨出陣外，低頭看著地面上的幾個光點，眼底閃過一絲冷笑。

這陣早就廢了。

當時他發覺腳下有異，目光飛速掠過幻妖背後的柳拂衣，那臉色蒼白的傀儡也正看著他，空洞的眸中瞬間閃過一絲微光。慕聲一向看柳拂衣不順眼，但那個瞬間二人卻有默契得驚人。

他將收妖柄無聲地反套上手腕狠狠一勒，隨即臉色蒼白地跌坐在陣內，瞞過了幻妖。

陰陽裂中的涇陽坡溫度極低，遠處不住地傳來妖物的呶呶低語，天上黑紗似的流雲時而遮蔽月亮。

慕瑤站在高高低低的草叢中，一手托著小木塔，低眉望著深不見底的裂隙，另一隻手在身側繃緊，手指度日如年地數著時間。

裂隙向無盡的遠處蜿蜒，如大地張開巨口，裸露的岩石像滿嘴尖利的牙齒，咆哮著要將夜空吞下。

裂隙之下，淩妙妙眼睜睜看著慕聲進門，出來的卻是毫髮無損的幻妖和柳拂衣，幻妖的臉上還掛著囂張的笑，頓時目瞪口呆。

這是貍貓換太子嗎？隨即心念一轉，糟糕，她只顧著門，卻忘了窗戶……

她忍不住向門裡張望，裡面黑漆漆的什麼也看不清楚。黑蓮花沒事吧，但願別是被人拔光了花瓣，踩在腳下蹂躪了一番……剛想邁步便驀然想起慕聲的話，她要是敢出這個圈，就會打斷她的腿、拿鎖鍊牽著遛，只好把邁出的腿默默收了回去。

投射進裂隙的月光照進屋內，連木製傢俱上交錯的淺白木紋和被白蟻腐蝕的細小缺口都看得清清楚楚。風揚起紗帳，燭臺的白蠟無聲淌著渾濁的熱淚，一點微弱的暖光搖曳著，在皎潔光明的銀色月光下顯得分外窮酸。

慕聲在屋裡慢悠悠地踱了一圈，目光深沉地上下打量，最後慢慢落在那張小床上，幾隻被開膛破肚的布偶旁邊，是個明顯高起的枕頭。他望著那枕頭，嘴角一絲譏誚的笑，阿姐救人心切，想必是一腳踩進了這個陷阱。

幻妖既然狡猾多疑，又怎會留下如此明顯的線索？

他伸出左手，指尖一條細細小小的平安鎖垂了下來，他仰著頭，饒有興趣地看。剛才與幻妖纏鬥時，她脖子上無意間墜下這個銀光閃爍的平安鎖，他便藉機無聲無息地摸到了手。

這鎖想必是李准夫婦花重金請人特製，鏤刻得極其精心，又輕又精緻，鎖鍊細得像根線……否則也不會這樣輕易便讓他得手。

慕聲望著鎖上浮現的一絲若有似無的黑氣，低頭拎起床上那隻最大的布偶。布偶有些舊了，是拿舊衣料做的，空冥的眼睛是兩枚碩大的紐扣。針腳顯得有些粗糙，不出意料，是十娘子親手為愛女縫製的玩具。

若阿姐再細心一些，她就會發現這隻布偶的棉花都脫出了，卻還是反常的重。慕聲面無表情地一扯，布偶殘存的縫線「哧啦啦」地脫開，更多的棉花像下雪一般落在他腳上。他將手伸進布偶內，在鼓脹的棉花中，用力抽出了一個拳頭大小的硬質盒子。

盒子與他手上銀鎖甫一接近，雙雙嗡鳴起來，旋即「喀噠」一聲，盒子自己打開了，露出裡面鮮紅的一角。還未看清，少年便蓋上蓋子，意興闌珊地將其扣上。

幻妖自己無心，便要將他人之心強加給自己。即使這樣還是不放心，更要把那人製成傀儡，將鑰匙掛在自己的脖子上，從裡到外牢牢掌握在手心。

慕聲仰頭，皎潔明亮的月光如霜般落在他纖長的睫毛上，照著他臉上譏誚的笑。阿姐光風霽月……又怎會像他這種邪物，輕而易舉地明白同類的心思？

他拿著盒子推門而出，幾步閃到了屏風後。

圈裡的少女貌似是站得累了，軟塌塌地靠在牆上，望著地面放空，時不時地敲敲腿，但也不敢蹲或坐——他畫得太急，圈有些太小了，幾乎將她鎖在牆邊。她嘴裡偶爾還嘟囔著些什麼，不用猜也知道，是在憤憤地罵他。

看來斷腿之約，還是有些威嚇力。心中除了欣慰之外，居然浮現一種從未有過的膨脹快感——他想控制著她。慕聲晃了晃頭，將這種荒謬的念頭排出腦海。

凌妙妙驟然見慕聲出來，瞬間瞪大了眼睛，「子期……」

他將盒子扔給她，還沒來得及說半句話，就瞧見她的神色猛地變了。妙妙死死望著他身後，半晌沒說出話來，「你……你……」

慕聲卻懂了。風聲猛地從身後襲來，他低眸望著地面偏頭避開，左手的收妖柄滑落到指尖，跨一大步攬住凌妙妙的腰，瞬間帶著她退到幾步之外。她綻開的裙襬像是在水裡暈開的顏料，隨波浪般起伏擺動。

幻妖披頭散髮地站在後方，鼻孔、耳中都蔓延出黑氣，兩隻眼睛如同被燒得發紅的鐵，聲音陰鬱低沉得幾乎脫出小女孩的程度，像是某種野獸在沙啞地咆哮，「你們竟敢耍我。」

最讓她接受不了的，大概是柳拂衣即使變成傀儡也依然能背叛她，抵死與故人同心。她劇烈的情緒波動帶動了涇陽坡的天地變化，地宮開始搖晃起來，牆上鑲嵌的幽綠火種忽明忽暗，柱子紛紛裂開，發出骨骼破碎般的恐怖聲音。

凌妙妙被慕聲帶著，抱著盒子暈頭轉向地躲，心中滿是絕望。完了……原本已經是強而無敵的幻妖，如今居然還超越原著暴走了。

下一秒，背上突然被拍上一張符，腰被慕聲攬住向上一托，險些將她五臟六腑全勒了出來。隨即腳下像裝上了發射器，帶著她以令人頭暈目眩的速度，直接飛出了裂隙。

少年冷冷的聲音遠遠落在下面，剎那間便聽不見了，「帶著妳要的盒子走。」

淩妙妙像火箭般衝出裂隙，打了個滾，猛地撲倒在慕瑤腳邊。

慕瑤的手一顫，險些將收妖塔掉進裂隙。她冷汗涔涔，握緊收妖塔退後了一步，「妙妙？」

淩妙妙一動也不動地趴在地上許久，久到慕瑤蹲下來將她輕柔地扶起，滿臉憂心地看著她，又急忙摸她的額頭，「沒事吧？」

少女望著空氣呆滯了一會，才像回了魂，從懷裡掏出一個拳頭大小的盒子塞進她的手裡，上氣不接下氣道，「這是柳大哥的心。」

慕瑤呆呆地捧著盒子，巨大的驚喜從天而降，她一時間反應不過來。

「還有，慕姐姐。」淩妙妙的語速幾乎是在百米衝刺，讓慕瑤有些擔心她因為上氣不接下氣而昏倒。她指著慕瑤手上的小木塔，如連珠炮一般，「柳大哥教妳用收妖塔了對吧？能保證待會就用它收掉幻妖對吧？」

面前的少女兩頰發紅，兩眼明亮，滿臉急切地望著她，一連串的問題幾乎將她繞暈了。

「是……」

慕瑤剛點了個頭，就看見淩妙妙霍地站了起來，幾步跑到裂隙邊緣，拎起裙子便毫不猶豫地跳了下去。

「妙妙！」慕瑤大驚，跟著衝到裂隙旁，但淩妙妙的最後一截衣襬已經消失在黑暗的裂隙裡。

前一刻的淩妙妙安然閉著眼睛。慕聲送她送得極猛，衝上裂隙的速度像是坐火箭，弄得她胃裡翻江倒海，趴在草地上緩了緩，便開始問候系統全家。

「系統，我要投訴。讓攻略角色保護穿書玩家，還要系統做什麼？我會去資訊部給你們打差評，等著吧。」

愛惜名聲的系統對「差評」二字敏感至極。

「系統提示：系統會保障玩家絕對的人身安全。險境一般分為藍、綠、紅三個等級，一旦遇到高危險紅色險境，將直接啟動人身安全保護機制，這是任務系統的職責所在。根據記錄，玩家【淩妙妙】目前尚未遇到紅色險境，因此未在保護範圍內。提示完畢。」

淩妙妙捉緊地上兩株草，杏子眼裡泛著冷光，聞言將草一扔，「是嗎？那好，我現在就來遭遇紅色險境試試。」

話畢，她將盒子往慕瑤手裡一塞，第二次跳了裂隙。

潮氣順著裂隙向下蔓延，依稀帶著地上植物根系的腥氣，竟還有一絲若有若無的梔子香。

慕聲被逼到角落，幾乎與黑暗融為一體，只剩烏漆漆的眼睛含著水色，倒映著一點亮光。他心想，自己一定是昏了頭，才會聞到她髮間的味道。

空氣中甜膩的味道格外明顯，溼漉漉的液體打溼了他肩頭的衣裳，少年掉頭轉彎時，有一瞬間眼冒金星。他不能露出半分畏怯，慕聲將背無聲地倚著牆壁借幾分力，也趁此機會稍稍休息片刻。

幻妖被這甜膩的血味激發了邪性，身上黑氣外溢得越發磅礴，看起來幾乎像是個披頭散髮的厲鬼。自從暴走後，她的攻擊完全亂了章法，多數時候只是對著一片空氣爆發。黑氣像張細密的大網死命蓋過去，排山倒海，幾乎要將眼前這隻漏網之魚擠成肉醬。

她的喉嚨震動，「慕聲，半個陰陽裂中的妖物都被你屠戮乾淨，你以為這樣的力量不會反噬嗎？」

眼前的人依然掛著那種令人瘋狂的挑釁笑容，彷彿被逼到死境的人不是他。慕聲歪頭看幻妖，纖長眼睫下的眸中慢慢浮現帶著殺氣的黑，「可惜，我殺妖的時候妳不在場。」

「好狂妄的口氣。」幻妖冷笑，「你的為人從來都是這樣嗎？」

慕聲毫不在意地撥弄自己的髮帶，笑道，「上一個這樣說我的妖物，已經死了。」

他的手雖然放在髮帶上，心裡卻有一絲忌憚。第三次了……

眼前似有亮光一閃，慕聲無意間抬眼，看見熟悉的小鋼圈從天而來，卻不是他放出去的那只收妖柄。這只收妖柄的力道完全不足，從幻妖背後襲來，只勝在她毫無防備，竟然將幻妖打了個猝不及防。

驟然挨了一記悶棍的幻妖沒有反應過來，揮袖便胡亂朝背後打去。

她當然是沒打準。一個兔子似的身影在刀劍橫飛的攻擊中左閃右避，挽著裙子飛速奔來，慕聲的懷裡猛地一沉，少女已經撲到他跟前。兩人四目相對，懷裡的人氣喘吁吁，兩眼晶亮地望著他。

妙妙臉上還帶著一路奔跑蒸騰起來的熱氣，髮間香氣幽幽，像初春的花朵開滿枝頭。

慕聲看清了這張鮮活的臉，感到一陣頭皮發麻的驚怒。尚未反應過來，喝斥已經脫口而出，「妳回來做什麼?」

可是驚怒之餘，竟有一絲可恥的喜悅，像縫隙裡生長的植物，破土而出，攀援而上。月光沒有一絲一毫溫暖的裂隙，似乎被這道身影一把火點亮了，她的腳印踏過之處，就是生機勃勃的光。這樣的亮。

「知道了知道了，回頭讓你遛。」凌妙妙鼓著腮幫子，似乎渾然不知眼前的情況有多糟糕，扯著慕聲的袖子，將他從角落裡拉出來，「我來照顧病人啊。」

慕聲氣到笑了，黑眸望定她的眼，「是來照顧我，還是來給我添麻煩？」說著，壓著她的腦袋趴下就地一滾。

幻妖打了個空，頭上「劈哩啪啦」地掉下一堆碎石，落在他們臉邊。二人的呼吸交疊在一處，淩妙妙終於不慎完全落在他的懷裡，柔軟的一團。

她的臉離他極近，近得可以清晰地看到她臉頰上細小的絨毛。在這種生死一線的時刻，他竟然手癢想摸一摸。慕聲的睫毛顫了顫，這樣想著伸出了手。

妙妙似乎理解錯了什麼，下巴抵著胸膛，忽然從懷裡拿出一疊符紙，不容拒絕地塞進他伸出的手裡，杏子眼裡波光流轉，「子期，謝謝，這是還你的符紙。」

他低眉看著符紙上熟悉的筆跡，滿臉譏誚，「用我的符紙還我，虧妳想得出來。」

身旁石柱挨了攻擊，柱身出現幾道裂紋後「啪啦啦」地崩開，震得耳邊轟鳴。慕聲迅速撐起身來，眼疾手快地撈起地上的少女，拉著她貼在牆角。

轟隆——柱子猛地倒下，碎石迸濺在腿邊，地宮驟然傾頹半邊，揚塵滾滾。

妙妙暖呼呼軟綿綿地貼在慕聲身旁，像是張毛茸茸的毯子蓋住了他。他肩上的傷口似乎烈開了，只覺得溫熱的血液順著手臂流下，竟然只覺得渾身發熱，沒覺得疼。

幻妖已經幾乎被黑氣吞沒，小女孩的身體無法承受這磅礴的妖氣，皮肉寸寸爆裂開來，血管肌肉開始外露，像是自燃現場，十分恐怖。

「看到了嗎，那就是失控的妖。」慕聲長長的睫羽垂下，忽然抽空對她說。

淩妙妙敷衍地「嗯」了一聲，也不知有沒有聽到，抬手抓住自己的收妖柄，拉起慕聲的手套回他的腕上。

少年漆黑的眸裡帶上了冰冷的怒氣，「妳這是什麼意思？」

「什麼什麼意思？」妙妙眨眨眼，「我暫時借你啊，用完了記得還給我。」

黑蓮花一直是靠兩只收妖柄打天下，若少了一只，就爆發不出超凡的戰鬥力了。

他的臉色驟然轉晴。淩妙妙踮起腳尖，冰涼的手猝不及防覆上他的額頭，「你沒燒糊塗吧？可以保護我吧？」

「嗯。」他半晌才答，應得極輕，睫毛淡淡掃到她手掌，有些癢。她放下手，撓了撓手心……還是癢。

地宮地動山搖，淩妙妙兩手空空地站在烏雲邊的黑蓮花身旁，虎視眈眈地盯著暴走的幻妖。她的手心汗溼，心臟像是敲得極快的鼓。

她有心想找機會試試紅色險境，卻都被避過了。就連她站在慕聲身前，努力做他的人肉盾牌，都被他一把抓了回去護在身後，沒被傷到分毫。

地上的碎石塊大大小小橫亙，像是被炸過的採石場，二人退得踉踉蹌蹌。

幻妖的攻擊不留餘地，像天上落下的刀子，避無可避。凌妙妙一不留神，被碎石塊絆了一下，猛然失去重心。

她還未撞到地面，便猛地被慕聲拽起來。幻妖趁此機會，伸長的血紅指甲瞬間暴長數尺，沒入了慕聲胸膛，他的肩胛被一路頂到牆上，撞得頭頂幽火搖晃。

幻妖的指爪用力，開始慢慢旋轉。慕聲咬緊牙根，染血的手指艱難地扶住了牆。

眼前一道影子閃過，身旁手無寸鐵的少女竟然伸出手，一把反扭住了幻妖的手臂，冷靜道，「放開他……」與其說是以卵擊石的反抗，更像是挑釁。

慕聲瞬間清醒過來，臉色大變，額角青筋霎時暴出，張口想要說話。然而卻先從受損的心肺倒灌了一口血，猛地噴在衣襟上。

「找死……」幻妖冷笑，甩開慕聲，轉而去教訓這不怕死的小東西。

她反手一擊，毫不留情地打在妙妙的小腹上。

凌妙妙弓起身子，抱住腹部的指間頓時滲出熱騰騰的血液，踉蹌著退了兩步。

與此同時，耳邊傳來熟悉的電子音。

「叮——系統提醒：已啟動紅色險境防護模式，全方位保護玩家安全，請繼續任務。提醒完畢。」

「我……就是找死。」凌妙妙睨著幻妖，餘光瞥了一下被甩出去的少年。慕聲正撐著地艱難地爬起身，頭髮貼在臉上，眸中黑得好似無星無月的夜晚。

她倒是沒什麼感覺，只是……完蛋，連黑蓮花都被打得吐血了。

「這麼喜歡掏心玩，妳有種……別打偏呀。」妙妙倒退幾步，乾脆捂著小腹，無賴地一屁股坐在地上，恰好擋在慕聲面前。她的腰猛地被他摟住，下一秒他就要爬起來了——

她說著話拖延時間，不停把慕聲的手指撥開，只希望他慢點起來。

系統的防護才是真的無敵，即便幻妖把她戳成篩子狀，也不會造成任何實質傷害。但要是黑蓮花再挨一下，恐怕這個攻略角色就會血濺三尺，她也不用攻略了。

「妳以為我不敢？」幻妖的手指猛然擊出。

這個瞬間，閃亮的收妖柄霎時飛來，狠狠撞在幻妖的指頭上。

收妖柄帶過的風如利刃，猛地揚起淩妙妙的髮絲。眼前那妖物的長長指骨被折斷，帶著丹蔻的半截指頭軟塌塌地垂著，還晃了幾下，淩妙妙瞬間雞皮疙瘩起了一身。

「你敢？」少年從她身後直起身來，唇含著一抹未擦淨的血，詭豔至極，眸中流淌著的戾氣，慢慢凝成了深沉的黑。

他從背後禁錮住少女，強行拉開她的手，將一張止血符貼迅速貼在她的傷口上；旋即以像是抱孩子的動作，托住她的腋下向上一抬，抱在自己的腿上。

幻妖突然發出一陣淒厲的嚎叫。地宮再度地動山搖，碎石塊不住地從四面八方滾下來，猶如滔滔山洪，驚濤駭浪不止。

四更天，月光轉了角度，光裡摻雜了九玄收妖塔刺目的金光。淩妙妙掙扎著往上看，看到越來越多灼熱的光芒。慕瑤出手了。

可是慕聲似乎對眼前的景象渾然不知，一動也不動地坐在原地，緊緊抱著她。

淩妙妙從來沒有跟他貼得這樣近，一時大為驚駭，不舒服地轉了個身，反被他一把摟進懷裡，髮頂貼在他雪白的下頜，動彈不得。

慕聲的動作異常強勢，像是鐵籠子般禁錮著妙妙，不由得她反抗，越掙扎便收得越緊，她一時間不敢亂動了。

餘光瞥見慕聲的手直往髮帶而去，心裡悚然一驚，急中生智放聲喊道，「呀，子期，我……我好疼……」

禁錮著她的手臂頓了一下，隨即一鬆。她趁機掙開束縛，抬頭看到了慕聲的臉，心裡喀噔一下。

眼前之人眼角發赤，面無表情，唇上染著鮮血，眸中深沉的顏色是永夜的天幕和致命的毒汁，是蟄伏到了盡頭的某種獸類，即將發出震天動地的咆哮，殺戮至死不休。

淩妙妙一把拉住了他的手臂，心砰砰直跳，「別、別摘！」

她清脆的聲音使慕聲眸中的戾氣慢慢退散些許。他有些無措地低頭望著她，「沒有摘，我只是……」只是鬆一鬆……

「鬆一鬆也不行。」少女似乎有讀心術，眨著一雙杏子眼，憐惜卻強硬地望著他的臉。

四目相對，她斟酌了一下用字，一字一頓，「你頭髮紮得這樣整齊，鬆了就不好看了。」

鬆了就不好看了。

原是這樣嗎……原來……不是和姐姐一樣的原因……原來不是因為怕他……

「嗯，就這樣……乖。」淩妙妙抓著他的手，像哄孩子一樣慢慢從頭頂放下來，小心翼翼地觀察著他慢慢恢復正常的眼睛和表情。她驟然放鬆，才發覺背後的衣服都被冷汗打溼了。

原著裡描寫慕聲黑化，就是剛才的模樣。差一點，就差一點，黑蓮花就在她面前黑化了……好險……

九玄收妖塔的金光璀璨，照著淩妙妙的臉，給她的眉毛和髮絲鍍上一層暖融融的金邊。幻妖化成無數縷黑氣，像是池中爭搶投食的游魚，一股腦地奔向裂隙上方的九玄收妖塔。

緊張感退去，妙妙有些無力地依偎在慕聲的懷裡，虛脫地閉上眼睛，等著慕瑤來救。慕聲纖長的睫毛卻顫動起來，立即低頭去看她雪白的臉，緊張地伸手攥緊她的手腕，捏得她生疼，「不准睡。」

「沒睡……」淩妙妙勉強打起精神甩開他的手，眼睛半睜著，像隻精神不振的病兔子，滿臉不耐煩，「放心……死不了的。我還等著回去見柳大哥呢。」

「……」慕聲聞言，一瞬間真想把她丟開。

可是他好冷，好不容易抱緊了一團溫暖的火，怎捨得放開。他沒有伸手的力氣，甚至還放任自己將臉垂下，慢慢貼在她順滑柔軟的髮頂。

梔子花的氣味飄散出來，她的衣領、袖口，和長髮，都彷彿化作新鮮馥鬱的花朵。他的意識在鬆弛中漸漸渙散。懷裡的人……好香。

幻妖既死，眾妖一哄而散，四下奔逃。

脫去陰陽裂的涇陽坡像是洗去了妖冶，山的蒼青、樹的翠綠、天幕的湛藍，都淡了幾個色調，泯然為平常天地。

鳥雀在山間發出一連串啁啾，窗欞上似乎停了隻喜鵲，一聲疊一聲地叫，吵得人耳朵痛。

輕而薄的帳子揚起，傳來一股皂莢清香的味道。慕聲醒來時，帳子角輕柔地掃過他的臉。

是先前住的李府房間。衣服換過，傷口也被包紮好了，身上妥妥帖帖地蓋著薄薄的被子。

一陣窸窸窣窣的聲音。他順著聲源扭頭一望，額上蓋著的溼方巾滑落下來，掉在枕邊。妙妙站在窗邊，將頭探出去，只留下個水藍色的背影。裙子外面套了一件孔雀藍的襖子，領子毛絨絨的。可能是屋裡有些熱，襖子故意半穿不穿地滑落在臂彎，露出裡面薄而透的真絲上襦，背部白皙誘人的凹線若隱若現。

她耷拉著襖子，伸出袖子朝窗外虛打了幾下，似乎在與外面的什麼人懊惱地交涉。

慕聲眼睛一眨也不眨地望著她的背影，豎著耳朵聽，只聽得到少女清亮的聲音，「一天三頓餵你飯吃，還吵。哪裡不好築巢，搭在人家牆上，也不怕翻下去。」喜鵲蹲在窗櫺上，歪頭看她，似懂非懂，「啾啾啾」地叫得更厲害了。

「噓，安分點。」她氣急敗壞地從窗臺上捏起一把稻穀扔過去，「多吃，少說話，叫得又不好聽。」

鳥兒拍翅前去覓食，叫聲驟停。她這才嘆口氣關了窗，扭身回來。

慕聲立即閉上眼睛。

「咦？」她走到枕邊，撿起滑落的方巾，卻沒有急於蓋上，而是伸出手蓋在他的額頭上擦拭了幾下。

半晌，似乎是覺得溫度不夠準，扳住了他的臉，俯身下來。她溫熱柔軟的唇瓣貼在他額頭的剎那，少年陡然僵住，渾身的血液都往頭上湧。

「不燒了。」她鬆了口氣，步伐輕快地起身出門，換好一盆水回來，擱在桌上。無意中低眼，一雙潤澤的黑眸一眨也不眨地盯著她的臉，將她嚇了一跳。

「醒啦？」

少年坐起身來，紮起的頭髮滑落到腮畔，半晌才答，「嗯。」

妙妙愣了半天，彎起白皙的手指，點點自己的腦袋，語氣嚴肅，「你下次要注意點。一直發燒，腦子會燒壞的。」

慕聲看她，長長的睫毛微顫。

「懂不懂怎麼注意啊？」少女的眼睛泛著光澤，臉頰鮮嫩得像掛著白霜的鮮果，看他一言不發，用力拍了一下水盆，恨恨道，「拿水物理降溫。」又看他一眼，像是恨鐵不成鋼，「淋雨不算。」

慕聲垂下眸子，印象中的最後一幕，就是她半死不活地靠在自己懷裡……

他立即抬眼，「妳的傷……」

淩妙妙一臉不耐煩，「我沒事，都是皮肉傷。倒是你——」

她懶得再說了。這人新傷疊舊傷地忍著，大病小病一起熬，精力體力都撐到了極限，才會一昏就是三天。

這種活法是在挑戰人類極限，非得從頭改不可。

「你先前說過，妖物的攻擊不會在你身上留下痕跡……」妙妙斜眼瞅著他肩膀，「這次恐怕是例外了，你這裡傷得太重，大概會留疤。」

他靜靜聽著，面色平平，看不出有什麼在意。

「不過你也別太傷心。」她一本正經地安慰他，「你有沒有聽說過一句話，傷疤是男人的勳章，你就當多了塊勳章吧。」她自顧自地笑了一下。

妙妙笑得像隻貓，驕傲地抬起前爪，髮絲在陽光下閃著金光，瞳孔透亮，滿室燦然生輝。

慕聲扭過頭，有些生澀地說，「妳怎麼不去找妳的柳大哥?」

淩妙妙愣了一下，才反應過來這個彆扭的稱呼，笑道，「柳大哥和慕姐姐在前廳呢。」

陽光透過窗櫺，灑了滿室。瓶中的紅梅換成白色菊花，純粹得幾乎易碎，匾額上挽著的白綢花，在風裡微微顫動。幾個人沉默地坐著，室內安靜得能聽見窗外的鳥雀啁啾。

柳拂衣重傷初癒，臉色還有些蒼白，「李兄，節哀。」

李准的眼下兩團青紫，有些憔悴地坐在圈椅上，盯著地面，喉結滾動了一下，沒有發出聲音。李府的小小姐新喪，棺槨還不到成年人的膝蓋高，僕婦童子哀哀痛哭三日，如今已有些麻木了。

「花開花落皆有時，由不得人。」慕瑤的聲音清凌凌地響起，幾乎像是感慨。她回頭望向一旁，地上鮮豔如旗的裙襬鋪開，女人的水蛇腰纖細，胸部豐滿白皙，低開的襟口別了一朵白花。

十娘子坐在地上，纖細的脖頸之上，是尖尖的下頷和紅潤的美人唇，再向上是高挺的鼻子，精緻的鼻尖，一雙嫵媚的眼羽睫濃密、波光流轉。這張臉，本來傾倒眾生。

「慕姑娘，我沒有騙妳。」她幽幽的甜潤嗓音響起，「我家住靈丘，排行第十，族名斐十娘子。斐氏狐族不喜出世，子子孫孫隱居山林，妖氣是狐族中最弱。」她纖細的手指，慢慢撫上了自己紅潤的臉頰，「你們是不是想不到，會有狐妖活成我這個模樣？」

李准循聲望著她豔麗的臉，神情複雜。

「我自小嚮往外面的世界，便私自出走浪跡天涯。」

小狐狸一路輾轉，跌跌撞撞，最終停留在如畫的煙雨江南。

「江南李府，最是奢華，庭院裡有九十九種香花，還有一個瓷娃娃似的小男孩……我捨不得離開，便悄悄地在院子裡挖了個狐狸洞，住了下來。」

慕瑤道，「妳對我說的那些，都是親眼看到的。」

十娘子哀笑著點頭。那年輕的商人，從小就是天之驕子，家財萬貫風流倜儻，不知愁為何物，見誰都笑嘻嘻的。小時候愛爬上爬下摘取鮮花，與鄰居家的小姑娘們擠眉弄眼；長大以後，竟然最是專情，對髮妻方氏百般呵護。那樣的生動——那就是人類。

「我……很早就愛上了他。可是我知曉人妖殊途，遠遠看著他長大、成婚、生子，夫婦和睦子孫滿堂，應是最好的結局。」

可是天有不測風雲。命運似乎是不讓李准這一生過於順遂，老天偏偏奪去方氏性命，而她拚死留下的小女兒，也是半死不活。

李准幾乎在一夜之間老了十歲。

「我看著阿准只剩一個人……夜裡在院中枯坐，抱著楚楚整日整夜不肯放手，生怕她夭折在繈褓中，散盡家財求醫燒香。可是我知道，楚楚活不了多久。」

那個漆黑的夜，萬物無聲，乳母只是打了個盹，年方一歲的幼兒驟然發病，不到一刻鐘便面色青紫，沒了呼吸。

她看在眼裡心急如焚，向三更夜月借力強行化人，只來得及將身體冰涼的孩子抱起來四處求醫。

「我走過滿街的醫館，他們都告訴我，『沒救了，孩子已經死了，再晚些屍體都該硬了』……」十娘子長而濃密的睫毛垂下，美人唇輕啟，「我知道楚楚死了，阿准必然肝腸寸斷。我怎麼捨得他難過——我想起來，斐氏族中有招魂祕術，可醫白骨活死人，可我年歲尚小，妖力不足無法使用。」

「所以……妳去找了幻妖？」

「妖族姐妹指點我，說涇陽坡幻妖乃天地托生，威力巨大，可以出借大把妖力，只是要付出些代價。」她有些自嘲地一笑，「我連夜趕到涇陽坡，求見幻妖。不知怎麼，她第一次見到我便十分不喜。」

幻妖自然不喜。她天生地長，幾乎為所欲為，可是天地也限制了她的力量——她無實形，不能化人。就連一隻修為不足的小狐妖，都能化成美豔人形，令她嫉妒萬分。

「她答應借我妖力，但開出兩個條件。一是要我前往長安郊區興善寺舊址，收斂死人屍骨，送至涇陽坡來供她吸食。」她歪過頭去，似有些疑惑，「我曾問過她，她說這是前一個向她借力的人該給的報酬。」

慕瑤點頭。當時陶熒求告無門，轉向歪門邪道，以自己和教眾的性命為代價，央求幻妖為陶虞氏的兩顆牙齒賦予妖力，將假舍利子硬生生轉為邪力之源。

因幻妖不能化形，無法離開涇陽坡，那些教眾屍骨都是由十娘子代為轉移的。

「第二個條件……」她頓了一頓，諷刺地笑道，「幻妖看上我這張臉。」

李准哽咽了一下，「妳……」

「其實外貌於我，並沒有什麼。」十娘子仰頭望著梁柱，「若是能換得楚楚一條命，給它也就罷了。」

「臉給了幻妖，我只好尋覓新的臉。我走了很久的山路，找到一隻剛死不久的鯉魚精，便借了它的殼，成為你們看到的模樣。」

她接著笑道，「我假稱自己是醫女，實際上行的是招魂禁術，將楚楚救了回來。只是這禁術救人的代價極大，需要施咒者日日一滴心頭血供養，我只好以醫女身分暫居李府，每天親自給楚楚熬藥。」

李准緊抿嘴唇，眸中是頹然的迷茫，似乎同樣沉浸於回憶——十娘子胸前有道疤，他曾經問起，她只含糊地說是小時候不慎弄傷的……

十娘子看著自己細長的十指。緣之一字，誰說得清楚。

她美豔如花時，未必能討得李准歡心，可是變成滑稽不堪的鯉魚精的臉，頂著旁人的指點和嘲笑、衣不解帶地照顧小女孩的那段日子，李准反而被她的細心和善良打動。

有他一人之愛，旁人再多白眼，不過是過眼雲煙。

「當我知道可以常伴阿准左右，做他的妻子，我即日便發誓要以性命愛他。他的家便是我的家，他的女兒便是我的骨肉。我做了當家主母，將家裡料理得井井有條，只要我在一日，就要保楚楚一天的性命。可是我的妖力，維持不了這麼久的招魂之術，只好誆騙阿准……舉家搬到涇陽坡。」

「妳沒料到，幻妖無法套上妳的臉，正氣急敗壞。一發現了魂魄半離體的小女孩，便橫出了壞心思。」

她以禁術救回來的小女兒，慢慢地不再是楚楚。幻妖鳩占鵲巢，一切都在無聲中翻天覆地，可是新婚燕爾的年輕夫婦毫無察覺，還以為花月圓滿，好日子還在前頭。

李准站起，一步步走到十娘子面前，蹲下身來。寶石般閃爍的黑眼眸，沉痛地望著她的臉，「註定要失去的，強留也留不住……妳何苦如此……」

十娘子淡笑，眼底哀意蔓延，「倘若你想留住，我拚死也會替你留住。」

「荒唐。」李准冷笑一聲，猛地站起轉過身去。

「阿准。」十娘子叫住了他，手指撫摸著襟口的白花，目光空洞，「對不起。」

「妳沒有對不起我。」他的表情也有些空洞。

眼前這人，竟是二十年前就已經認識他。廢了大半生周折，生生死死，為他編造了一場幻夢。而他始終身處局中，一無所知。五年同床共枕，不識對方真面目。

「阿准……」十娘子又叫，她睫毛低垂，斟酌了許久，似乎萬般繾綣，都化成酸澀的一嘆，「這五年能做你的娘子，每一天都是我最快樂的日子。」

李准沉默不語，手握成拳。

「我很抱歉，欺騙了你。」她長長嘆了口氣，目光空洞地望著遠方，似乎是解脫了，「大夢一場，終有醒的時候。人妖殊途，現今你我夫妻，一別兩寬……」

「誰要跟妳兩寬？」李准猛地轉過身，打斷了她的話，眼眶發紅，「成婚的時候妳說了，要陪我過一輩子，妳要背誓嗎？」

十娘子花容失色，兩滴晶瑩猛地落下來，沾溼了絢爛的衣襟。

他伸手捏住她的下頜，低眸凝視著她，面色複雜，嘴唇微不可察地顫抖。

他竟在哽咽。似有千言萬語，最後卻只剩下一句，「既然從前不識，那就從今天開始重新認識，好嗎……斐十娘子。」

淩妙妙坐在慕聲的床邊，攪了攪碗裡的藥，心血來潮地舀了一小口嘗嘗，整張臉頓時皺成一團，「呸呸呸——」

慕聲滿臉複雜地看著她，「那是我的藥，妳喝什麼？」

「我不用試試溫度嗎……」張嘴抱怨時，她的舌尖還是麻痺的，那股澀然的味道在嘴裡繚繞不去，她忍不住將藥碗頓在桌上，「不行，這藥不能喝。苦死人了。」

「怎麼不能喝。」他端起來剛準備一飲而盡，突然頓了頓，手一抖又將碗放回了桌上。

「怎麼啦，」凌妙妙瞬間緊張起來，「你的手也受傷了？」

少年摸著自己的手腕，頓了一下，才低著頭意味不明地「嗯」了一聲。

不記得他的手上有傷啊，難道他在裂隙下面拉她的時候太用力，脫臼了？

凌妙妙瞅著他的袖口，「傷到哪了？」

他沉默幾秒，耳尖有些發紅，「說了妳也不知道。」

她頹然嘆口氣，悻悻然地端起碗來，把勺子湊到他嘴邊，「那下午得叫慕姐姐來看看，現在先這樣湊合湊合吧。」

慕聲低下頭，非常湊合地喝了藥。室內一時安靜無聲。

喝了兩口，他忽然垂著眸開口，「我頭一直扭著，好累。」

凌妙妙無言以對地望著他，不能想像一個人只用動動下巴喝藥也能覺得累，「我手舉著才痠呢。」

慕聲望她一眼，言簡意賅，「妳往裡坐些。」

凌妙妙低頭一看，自己的膝頭都已經抵著床沿了，再往裡……

她索性將兩隻鞋一蹬脫了下來，直接盤腿坐上床。都已經坐上來，才覺得自己有點過於不客氣了，延遲地補充一句，「不介意吧？」

慕聲低頭看著她手裡的碗，「別廢話。」

淩妙妙扭過身，慢慢挪到他旁邊，慕聲向裡移了移，讓了個位置給她。

「這樣果然舒服多了。」淩妙妙喟嘆一聲，摩拳擦掌，幾乎是正對著慕聲的側臉。她把勺子伸過去，他的嘴猝不及防地一閉，藥汁直接傾灑出去，從嘴角順著脖頸往下流。

「哎——」她眼疾手快地抓起床邊的手巾接住下滑的藥汁，順著他的脖頸一路擦上去，擦到了嘴邊，乾脆直接堵住他的嘴，恨恨道，「你還說我嘴漏，我看你才是真漏，該進水的時候閉什麼閘啊？」

她的四根手指按住手巾，白色手巾上方是他瀲灩的黑眸，正一眨也不眨地望著她，睫毛纖長。

四目相對，淩妙妙的底氣都有些不足了，「你……你是不是覺得這藥太苦，喝不下去？」

他的睫毛微微一顫，望著她臉不說話。

她伸長手將藥碗放在桌上，一手捂著他的嘴，另一手飛快地從懷裡掏出個紙包，單手展開，拿起兩顆黏連的蜜棗塞進慕聲嘴裡，隨即再次捂住他的嘴，生怕他抗拒地吐出來，半晌歪頭問，「甜嗎？」

少年輕輕握住了妙妙的手腕，她移開手巾，他已經默然將蜜棗嚥了下去。

凌妙妙擦擦手，再度端起碗來，循循善誘，「良藥苦口利於病，慕姐姐親手為你抓的愛心藥方，還不快點喝完？」她微微張嘴，發誓自己對幼稚園的小弟弟都沒這麼有耐心，「啊——」

他定定望著她微張的唇，半晌吐出一個字，「甜。」

凌妙妙一口氣噎進肺裡，差點沒把碗摔掉。怎麼會有人反射弧這麼長？

慕聲這次喝藥，喝得十分不順利。一勺藥要分三口才嚥下去，催他，他便垂下眼睫淡淡地說，「燙。」

「我剛嘗過了，不燙。」凌妙妙恨鐵不成鋼，勺子幾乎抵在他的唇上，恨不得給他灌下去，「要不、要不你自己吹吹……」

慕聲看看藥又看她一眼，那眼神充滿譴責。看得凌妙妙都有些過意不去，只得端碗對著觀景窗吹進來的涼風又耐心地晾了一刻鐘。

再餵，他還是時不時閉口，弄得藥汁橫流。

「你怎麼連喝藥也不會呀。」凌妙妙惱了，憤憤地展示沾滿褐色藥汁的手巾，晶亮的杏子眼氣鼓鼓地瞪著他。

慕聲看她一眼，沉默了半天才開口，神色委屈，「太苦了。」

她無話可反駁，想想剛才的味道，這藥確實難以下嚥，只好默然繼續餵，一腦門的汗都被風吹乾了。

足足用了三刻鐘喝完一碗藥，她已經等得沒了脾氣。

妙妙收好碗，活像打完一場仗，揉揉痠痛的手腕，這才想起來什麼，「對啦，我的收妖柄……」

慕聲聞言，從左腕卸下她的那只收妖柄，抬頭一看，卻怔住了。

她手握成拳，露出纖細皓腕，伸到他眼前。

她下意識的動作，竟然不是伸手去接，而是……要他戴。

他躊躇許久，目光不住地被她的手腕吸引。腕側的骨節微微凸起，皮膚光滑細膩，微微透出一點青色血管，再向上的整隻手臂白皙柔軟，隱在挽起的孔雀藍袖口深處。

他躊躇了半晌，還是沒忍住，一把握住她的手腕。

淩妙妙丈二金剛摸不著頭腦地被他抓住了手，隨即感覺到慕聲的指腹貼著她的手腕，來回摩挲幾下，弄得她手臂發癢，心頭也彷彿有隻爪子在撓。

那感覺，簡直就像小孩子抓著新玩具……

愛不釋手。腦海裡蹦出這四個字的剎那，她渾身一顫——怎麼能產生這麼荒謬的錯覺。

慕聲也猛然抽回手去，目光似乎無處安放。

淩妙妙還懵懂地伸著手，「剛……剛才這是？」

他手裡握著收妖柄，睫毛抖動，語氣卻很平穩，「沒什麼……怕套不上，量量尺寸。」隨即拉過她的手腕，飛速套了上去，沒再看她一眼。

淩妙妙心裡一虛，捧了捧自己的臉頰，又比比手腕，嘴裡嘟囔，「我最近的確是胖了些……但也不至於到套不上的程度吧。」她頓了頓，戳他，「那你上一次怎麼沒量？」

慕聲停頓一秒，驟然拉開被子躺下去，翻身朝著帳子裡側，遠遠地躲開她，「妳回去吧。」

「啊？」

「妳走吧……我要睡了。」

十娘子纖細漂亮的手指執著茶壺，顏色澄清的茶水拉成一線，倒進慕瑤的茶杯。

「多謝。」慕瑤望著她姣好的側臉，頓了片刻，語氣柔軟下來，「先前是我猜測不實，對妳多有誤解……抱歉。」

桌上擺著四道小茶點，精巧細緻，都是當家主母親手製作，親自擺盤。她作為李夫人，持家井井有條，無可挑剔。

十娘子濃密的睫毛像忽閃忽閃的小扇子，低而甜潤地笑道，「我還是一次聽聞捉妖人向妖物道歉。」

慕瑤的神色認真而誠懇，「我慕家有家訓，斬妖只為衛道，保百姓安定，絕不無故濫殺。」

十娘子頷首，語氣溫柔，「捉妖世家慕氏光風霽月，我略有耳聞。」

柳拂衣也道，「我也欠妳一個道歉，對不住。」

十娘子笑了，「謊言終歸是謊言，總有被戳破的一天。我本是妖，藏得再好也會露出馬腳，怎麼會怪你們？一切塵埃落定，反倒安心了。」她將盤子裡裝飾的薄荷葉片耐心地擺好，許久才低眉道，「只是我有個藏在心中許久的疑惑……」

柳拂衣和慕瑤對視一眼，「不妨說說看。」

十娘子抬起那張傾國傾城的臉，「我等妖族化人，四肢俱全便已是平生所幸，對於外貌從不刻意追求。但對於人來說，皮囊究竟意味著什麼？」

這一句話，把兩個人都問倒了。

楚楚夭折那一夜，她戴著兜帽抱孩子上街求醫，雖只露半張臉，三更半夜裡竟半數醫館都為她燈火通明，人們與她搭話大都輕聲細語畢恭畢敬，唯恐驚著了天上人。身上沒帶銀錢，也有人一大把墊付。

可是自從她套上鯉魚精的面皮回到李府以後，世界瞬間變了個樣子。街上的孩童見她便啼哭，婦女見她則竊竊私語，男人們避之唯恐不及，眉眼中閃爍著奇異的厭惡。她去抓過幾次藥，同樣的醫館、同樣的伙計，卻是冷言冷語，愛理不理。

李府內外她走過之處，皆是嘰嘰喳喳的笑聲。下人們好奇又畏懼地打量她，當面說話時畢恭畢敬，背地裡卻從不與她親近。

翻天覆地的變化中，只有為數不多的幾個人待她如常，如寒冬中的火焰，李准就是其中之一。

「一開始我不懂……後來，也漸漸明白了。」她苦笑道，「人類的世界還是那個樣子，只是我的臉變了。」

她撫摸著自己嬌媚的耳垂，目光茫然，語氣中帶著一絲微不可察的諷刺，「人類有時真的很奇怪。似乎不美麗的人不配得到愛，太美麗的人也不配得到愛。我搞不懂，他們要的究竟是什麼。」

慕瑤覺得她似乎話中有話，「美麗怎麼會是罪過？難道妳從前……」

「不，不是我。」她解釋，「妳難道不知道無方鎮的那一位嗎？我們狐族少女自小便被父母族人耳提面命，這位便是反例。阿媽阿爸曾經對我說，皮囊太美麗乃是不詳之事，故我即便化人也總是擔驚受怕，戰戰兢兢。」

「無方鎮……」柳拂衣茫然了片刻，目光一凜，「妳是說……麒麟山……」

靈丘就在麒麟山下一隅，斐氏狐族知道「她」，想想也說得過去。

「現在誰還記得麒麟山？」十娘子目光幽幽地望著他，「此事已成個笑話。大抵如此，世人只知無方鎮，不識麒麟山。」

她似乎感同身受，許久才長嘆一聲，「美麗豈是不詳？不過是愛錯人罷了。」

慕瑤聽了良久，這才反應過來，喉頭發緊，「妳見過『她』？」

十娘子點點頭，「兒時有幸見過。那時她還沒有出麒麟山，同樣是天生地長的妖，卻比幻妖強上太多。後來便再無緣見面，只是從妖族姐妹那裡有所耳聞——時至今日，無方鎮那位想必早已失控了。」

慕瑤的臉色蒼白，不經意握緊手上的捉妖柄，「她……她在哪裡？」

十娘子微微一笑，「你們若是想找她，便去無方鎮等吧。那是她的源起之處，也是夢斷之所，她縱然跑到天涯海角，終究還是會回到那裡……」

夜幕降臨，路邊蟲子疊聲長鳴，周遭路樹只能看出個模糊的輪廓。三輛馬車在晦暗的道路上依次安穩行進，車輪旋轉，發出吱吱呀呀的聲音。

涇陽坡的劇情走到尾聲，主角一行人和李准夫婦揮手作別。

李府上下離開荒僻的涇陽坡，浩浩蕩蕩搬回江南舊宅。而主角一行人要北往長安城，擋不住李准的厚意……笑納了三輛馬車。

李准出手必然闊綽，車內非常寬敞，塌上鋪著柔軟的絲綢軟墊，神似臥鋪，可供人安穩休息。車夫訓練有素，一路上沒有發出任何噪音。

淩妙妙蜷縮在車裡，身上蓋著厚厚的棉衣，藉著簾子縫隙透出的一絲昏暗光線，翻來覆去地把玩手裡的玻璃片。

涇陽坡任務和附加任務的獎勵，加起來就只換來這麼一塊小小的「回憶碎片」，還是她看不明白的回憶。

在那個場景裡，慕府的房間寬敞奢華，寬闊的几案前，長相妖媚的女人穿著繁複層疊的坦領裙，親手一步步教黑蓮花學習術法。

慕聲看起來不過十一、二歲，眉眼還留著幾分稚氣。先前垂在兩肩的頭髮卻已經用白髮帶高高紮了起來，露出雪白的耳朵和優美的鬢角，堪堪顯出少年人的輪廓。

那女人坐在他身後，是副出人意料的親暱姿態。她握著他的手懸筆，從右至左，慢慢在黃紙上畫符。筆尖上沾著鮮紅濃郁的丹砂，只以筆鋒細細勾勒，曲轉拐彎，活像是走迷宮。一筆連綴下來，圖騰似的字元密密麻麻地畫到了左側。

筆鋒一頓，那女人抽開手，低頭問他，「小笙兒，記住了嗎？」

那聲音如黃鸝嬌啼，帶著向上的鉤子，她的臉幾乎貼住他的額頭。慕聲並沒有抗拒之色，只是沉默地望著桌上的黃紙，不知道在想什麼。

那女人耐心地重抽出一張紙，又將筆蘸滿了丹砂，淡淡道，「若是沒學會，娘再教你一遍……」

「我記住了。」他答，聲音還是略有沙啞的童聲，「可是……」

「可是什麼？」

他頓了頓，似乎有些茫然，「阿姐曾說過，畫符切不可從右向左，由內往外……」

女人笑了，「你姐姐說的對，這便是反寫符。」

少年驟然抬眼，眸中驚異。

「想問我為什麼教你這個？」女人翹起唇角，已經拿起筆，細細密密地在新紙上再次勾勒起來，耐心得彷彿在點妝描眉，「慕瑤根骨極佳，三歲上開始修練，才走到今天這一步。你半路出家，慕家的這些人又不肯好好教，你若是不自己想些辦法，這輩子都不可能趕得上姐姐。」

她已經畫好一張，擱了筆，憐惜地撫摸著他的頭髮，「你不是想要保護姐姐嗎？若不變得強大，下次還是只能躲在她背後。」

慕聲扭頭，沉默地望著她在陽光下清淺的栗色瞳孔。

她的撫摸越加輕柔，像是在逗弄一隻寵物，紅唇輕啟，語氣散散慢慢，「小笙兒，你知道自己是什麼東西，對不對？」

男孩抿緊嘴唇。

「你本就從黑夜來，還想披一身的光明，哪來這種好事。」

慕聲緊握的拳慢慢鬆開，拿起筆像是在和誰嘔氣似地，一聲不吭畫滿了整張符，只是手有些抖，收尾時線條有些歪曲。

女人拿起紙來細細端詳，滿意地「嗯」了一聲，彎起嘴角，「小笙兒果然是最聰明的。」

凌妙妙仔細看著那女人的臉，確定她絕對不是先前夢裡的那個女人。

那張臉給人深刻至極的印象，縱然淪落風塵哭花了妝，也美得空靈。不似眼前這個女人，美則美矣，卻是錐子臉大眼睛，有著鉤子一樣的眼尾，窄肩細腰、酥胸半露，是妖媚惑人那一種。

可是慕聲的的確確叫她「娘」，二人的動作也親暱如母子，看起來竟然沒有任何突兀感。

她接著往下看。

門被推開了。小童端著托盤上茶，恭敬地遞到她手邊，似乎不敢抬頭直視女人的臉，「二夫人。」

「嗯。」她端起茶來抿了一口，揮揮手，「下去吧。」

「二夫人……大小姐回來了，在前廳……」他說著，小心翼翼地抬起頭，有些奇怪地看了女人一眼。她正在專心致志地將托盤裡的幾碟糕點擺在慕聲眼前，聞言只淡淡道，「我一會便過去。」

小童又好奇地偷瞄她幾眼，躬身退了出去。

這個陌生的女人，是慕家的二夫人……印象中慕聲似乎跟她提起過，慕懷江的確有一房妾室，此女名叫白怡蓉。慕瑤雖然叫白瑾為娘，只喚二房蓉姨娘，事實上卻是這個二夫人的孩子。

只是，當時慕聲說白怡蓉為人淺薄，他背上的那些鞭痕，有一半是這個女人從中教唆的結果。一旦他沒能保護慕瑤，這個女人便會打人，或是用別的方法折辱他，簡直就是惡毒繼母的典範。

現在看來，事情似乎不像他說的那樣。至少從這碎片看來，在這個階段，他和白怡蓉已經好到互稱母子……

凌妙妙煩躁地翻了個身。究竟是慕聲有所隱瞞，還是此事另有隱情？

門閉上，女人見慕聲看著碟子，遲遲沒有動作，便問，「怎麼不吃？」

慕聲有些遲疑，睫毛顫動，「我……很久不吃甜的了。」

女人低眉，「吃吧，都是你原先愛吃的。」

他拿起一塊糕餅凝視著，漆黑眼裡滿是茫然，「是嗎……」

女人的手有意無意地拂過他頭上的髮帶，「你身上的忘憂咒一時半刻解不開，想不起來也是正常的，娘怎麼會騙你？」

她看著他吃糕點，囑咐道，「小笙兒，反寫符的事情，不要跟別人提起。」

他一頓，隨即點點頭，末了冷不防地抬頭，神色很認真，「嫁入慕家，可是妳所願？」

她唇畔的微笑淡淡的，和她栗色的眼珠一般漫不經心，「小笙兒不是一直想要個爹嗎？現在你有爹也有了娘，還有最愛的姐姐，我們一家人都在一起，豈不是正好？」

馬車忽然一個急剎，馬兒發出嘶啞的長鳴，凌妙妙險些從塌上滾下來。她掀開簾子，只見車夫滿臉惶恐，不停向她道歉。

三輛馬車一輛挨著一輛，前面的兩輛也已經停了下來。凌妙妙仰頭一看，高高的城牆巍峨如山，佇立在夜色中，顯出磚石剛硬冰冷的輪廓，城門懸掛著明亮的燈籠，映照出匾額上遒勁的字體。

「我們……到了？」

「回淩小姐，到了……」車夫將馬鞭擱在腿上，掏出方巾擦了擦汗，仰頭看天，語氣有些發愁，「就是到得不湊巧，太晚了。」

若想進城，大多都會計畫在天黑城門關閉之前到達，否則容易無處可去。然而計畫趕不上變化，現在晚了這一兩個時辰，城門已關上，今晚說不定又要露宿野外。

最前面的馬車車夫吆喝一聲，打了打手勢，準備掉頭折返。馬兒喘著粗氣，疲倦地踢踏著步伐。

忽然空氣中傳來一陣鈍重的「吱吱——」金屬摩擦聲，隨即是一陣人聲嘈雜。車夫勒馬，詫異地回過頭去，「門開了？」

大門供權貴進出，小門用以百姓通行。右側小門已經向內打開，火把的光亮如夜空中的星星，一整排次第浮現，眼前驟然明亮起來。

舉著火把的侍衛迎了出來，待看清柳拂衣的臉，喜不自勝地揮舞手中的火把，向城牆上方打手勢，「是柳方士的車。」

轉眼間，火把的光芒如星火燎原，組成了移動的火龍，無數侍衛在城牆上奔跑起來，一個挨一個地傳遞著消息，一直傳遞到宮城深部。

淩妙妙詫異地望著城門，他們只是去查案歸來，竟然出動這麼大陣仗迎接？前面的慕瑤顯然也心中疑惑著，掀開簾子警惕地看著外面。

三輛馬車在眾多侍衛的簇擁下被迎進城門，他們歡天喜地的喊聲這才變得清晰起來，「駙馬爺回來了──駙馬爺回來了──」

一個傳一個，由近及遠，轉瞬響徹宮城內外，整座宮城似乎都在此刻沸騰起來。內監尖而細的嗓音遠遠傳來，劃破宮城之夜，活像在唱戲，「迎──駙馬──入宮。」

四周一片山呼海嘯，慕瑤望著前方，臉色慘白。

「帝姬的事情，怎麼說的都有。」茶水「嘩啦啦」地倒進瓷杯裡，店小二壓低聲音添了茶，「具體情況小的也不太清楚，只是聽說帝姬好像……」

他指了指腦袋，聲音越壓越低，「這裡受了刺激，人糊塗了。陛下為她指了門親事，嫁人的前一晚她就發瘋了，抱著柳方士的牌位成親，說自己已經嫁給了個死人。」

妙妙和慕聲坐在同一側仰頭聽著，慕瑤一個人坐在對面低頭不語。

「小的有個相好在宮裡當值，聽說帝姬逢人便喊叫、摔東西，只有那個大宮女近得了身，叫……什麼雲。陛下也是真急了。」

面前的菜肴，還是初來長安時的那金黃酥脆的葫蘆雞、翠綠的小茴香煎餅、赤紅的烤蹄膀、光滑的涼皮，卻幾乎沒人動筷子，桌上顯得很是沉寂。

算算時間，帝姬恐怕是親眼看到柳拂衣被掏心後帶入裂隙，以為他死了而受到打擊，再加上被逼嫁人，就為愛情獻了祭。

「大家都以為帝姬這瘋病是好不了了，要抱著牌位過一輩子，誰知道駙馬爺活著回來了……」小二搖搖頭，臉上掛著唏噓的笑容，「峰迴路轉，也算壞事變好事。」

柳拂衣一進城門便被劫進宮門裡去了。無論如何，端陽是因他而瘋口出妄語，天子尋遍四海名醫，都束手無策。解鈴還須繫鈴人，只能將全部希望寄託在柳拂衣身上，半是懇求半是逼迫地讓他做了駙馬。

然而那廂高興了，這廂必然淒苦。淩妙妙知道慕瑤受到的打擊有多大。柳拂衣受詔入宮已三天，杳無音信。照他的性子，想必也不忍帝姬為他失魂落魄，必然會待上一段時間，只是需要多長、有無變數，一切都是未知。

這樣一來，他們計畫好的婚期也不得不延後了。捉妖人如水中浮萍，聚散無常，尋求安穩的執念又不強烈，所以總會被諸事阻撓，光想著都令人著急。

慕瑤索然無味地吃著飯，心裡卻在思索著另一件事——

那個晚上，帝姬到涇陽坡找柳拂衣表白時，她也在場。柳拂衣當著她的面回絕了帝姬的厚意，「在下已有心悅之人，帝姬殿下這樣的貴女，不該在我身上浪費時間，應趁早另覓良人。」

話說到這個份上，就算再愚鈍的女孩也明白其中的意思了。帝姬臉皮薄，當場大哭一場，哭完抽抽噎噎道，「我……我豈會沒人要？既然柳、柳大哥並無此意，本宮一國帝姬，氣量宏大，自然不、不會無趣糾纏。只是你救過我兩次，這樣的恩情定會、會償還，我端陽從不欠人情！」

當時柳拂衣和慕瑤對視一眼，俱是笑了，「是。」

端陽哭哭啼啼地回宮了，臨走時還頂著哭花的臉，指著他們恨恨道，「本宮絕不祝福你們！」

在她看來，帝姬不過是錦繡堆裡心懷幻想、崇拜英雄的小女孩。她的執念，竟然深到可以抱著死人牌位結婚的地步嗎？

「阿姐。」她抬頭，是慕聲在喚，「茶涼了，我幫妳換一杯。」她無力地點點頭。

慕聲撤掉她茶盞中的冷水，換上新的，又無聲地幫淩妙妙倒滿。

少女托著腮，圓溜溜的杏子眼跟著慕聲的動作移動，「謝謝。」

他的眼裡這才帶上一點暖色，只是望向姐姐時，這點暖色迅速褪盡了，「阿姐，我們先在客棧住幾日，等柳公子幾天，好嗎？」說到「柳公子」三字的時候，他的語氣寒涼如冷刃。

纖瘦的手指執著圓潤的棋子落在棋盤上，半晌不見眼前人有動作，慕瑤抬起頭，少年低頭望著棋盤，似乎在專注地思考。

她卻知道，這是走神了。慕瑤屈起指，叩了叩棋盤，「阿聲？」

慕聲無聲地回了神，應聲落子，黑白兩色優劣頓現。

慕瑤低眼一望，將已經拿起的棋子扔回棋笥。「阿聲，」她平靜地望著他，「你這樣讓我，不如不玩。」

慕聲的眸中霎時帶上一絲慌亂。他讓棋向來不著痕跡，只不過剛才跑了神，冷不防被喚，走得明顯了些，才讓阿姐看出端倪。

窗外是夜色，桌上的矮燈照著棋盤，光線單薄黯淡。此處是長安酒肆，小隔間清雅精緻，但終究不是家，少了幾分人氣，連空氣中都飄浮著陌生的灰塵氣味。

客棧提供的棋子是上好的雲子，觸手生涼，他捏著光滑圓潤的白子，想起淩妙妙彎起眼睛笑的模樣，「這是雲子，色如嫩牙，白得像慕公子一樣。」

她的閨房裡那十幾盞高高低低的立燈，倒是應和她這個人，誇張鮮活的浪漫。她就坐在那片光暈中，偏安一隅，樂不思蜀。

他定了定神，手覆蓋在棋盤上，烏漆漆的眼睛從下往上看，帶著幾分討饒的味道，「再來一局，我好好下。」

慕瑤頓了頓，勉強地勾起嘴角。這幾日，她的下頷越發消瘦，鎖骨凸出得幾乎鑽出衣領。

慕聲知道，因為柳拂衣的缺席，慕瑤表面上若無其事，實際心裡不知道有多傷神。阿姐從小到大爹娘疼惜，他又守護得那樣周全，卻偏偏為了個柳拂衣吃盡苦頭……他的眼裡漫過一絲冷意。

「阿聲，你怎麼下棋的？」慕瑤疑惑地望向他。

「阿姐，我們今次換個花樣，好不好？」他打起精神，「誰先連成五子一線，就算贏。」

慕瑤皺眉盯著棋盤半晌，似乎不喜歡他孩子氣的提議，「這是什麼下法？」

他一頓，隨即耐心地擺著棋，「是五子棋。」

她執著棋子，無奈地苦笑，旋即捏了捏眉心，顯得有些意興闌珊，「阿聲啊，你練術法若是也能這樣花心思，我們慕家也不至於落到這種地步了。」

慕聲的動作僵住。

他從慕瑤房間走出來時，臉上還帶著一絲茫然，還有滿心寒涼的疲倦。

房門裡透出慕瑤窈窕的影子，顯得單薄又寂寞。柳拂衣帶來的巨大空洞，他再多的陪伴也不過杯水車薪，對她來說像是在玩家家酒。

她的世界，他從來無法融入。同理，他也一向孤獨。

他走著，不受控制地來到隔壁房門口，敲了敲門。

半晌才有人開門。凌妙妙露出頭髮凌亂的一張臉，見到是慕聲，立即睜大眼睛，「你不是在安慰慕姐姐嗎？找我幹嘛？」

她的門只開一條縫，將小臉蛋伸出來堪堪一望，是抗拒的姿態。他忍不住用力抵住門，眼眸沉沉，「不能讓我進去嗎？」

凌妙妙退了一步，滿臉無辜地把人放了進來。他環視小房間一圈，屋裡簡潔得像後世紙紮的標準房。

她被房間外的涼風吹得冷嗖嗖的，摩挲著手臂跟在慕聲後面，「跟你的房間長得一模一樣，有什麼好看的？」

慕聲瞥她一眼，走過去閉上門，「妳在睡覺嗎？」

少女已經走到妝臺前，半彎著腰對著鏡子整理頭髮，聞言一愣，有些底氣不足地答道，「……沒有。我……我就是在床上看看書。」

「看書？」

她撩開帳子，從亂七八糟的被子底下抽出一本薄薄的冊子，眨著黑白分明的眼睛，有些赧然地解釋，「外面太冷了，我就……我就蓋著被子看了。」看到激動處，也就……在床上打了幾個滾。

慕聲看她一眼，又望著她手裡那本封皮上沒字的冊子。

「哦，我發現一本特別好看的書。」凌妙妙滿臉興奮，「樓下小二借給我的。」

少年抽過來，一目十行地一翻，臉色變得有些古怪，「妳……」

凌妙妙滔滔不絕，「這本書就是講一個公子暗戀自己的教書先生，但是先生不願斷袖抵死不從，然後公子就軟硬兼施、死纏爛打。先生自殺了兩次都沒成功，也開始發現自己對公子的感情，他們就突破重重阻礙在一起了……」

慕聲的黑眸閃了閃，卻是在專注地看她興奮得紅撲撲的臉，「然後呢？」

「沒然後了，我才看到這。」凌妙妙的臉上是抑制不住的笑，「你喜不喜歡？我看完借你啊。」

「好啊。」他依舊盯著她的臉。

凌妙妙一頓，差點咬了舌頭。剛才她就是一時口快，哪個普通性向的男人會看這種書？本以為他會嫌惡地走開，可是黑蓮花怎麼不按牌理出牌……

她一時沒了詞，頓了頓，彎腰從桌子底下摸出顆柚子，吃力地砸在了桌上，眼睛亮晶晶，「對了，我請你吃水果吧。」剛好她一人吃不完，還在發愁。

慕聲的語氣有些古怪，「這也是樓下小二給的？」

「是呀。」她拿匕首劃開一道，鼓著腮幫子開始吃力地剝柚子。

「書，水果……」他的語氣越發薄涼，「他怎麼不送我呢？」少年冰涼的目光落在她臉上，無端有種危險的壓迫感。

凌妙妙剝得滿頭大汗，完全沒有看見他的臉色，只覺得這問題問得奇怪，沒好氣道，「我自己掏錢買的。你要是掏錢，他也會幫你買水果。」她煩躁地撤開手，將柚子擱在桌上，朝他一滾，揉了揉痠痛的手腕，「累死了，你幫忙剝一會。」

慕聲沉默地接過剝了一半的柚子，從懷裡拿出匕首插進柚子皮裡。右手拉著皮，旋即唰唰唰幾下，輕巧地將果肉剔了出來，那柚子還沒來得及反應，就被又快又狠地剝皮抽筋了。

凌妙妙看得一愣一愣，他的動作卻沒有停下。慕聲將柚子掰成一片片單瓣，接著往兩邊撕開薄薄的皮，捲起來托著，將整齊飽滿的果肉遞到她嘴邊。

清香驟然襲來，凌妙妙低著頭，呆住了。

「不是說要我剝嗎？」少年的聲音低而平淡，語氣出奇的耐心。

妙妙的臉蛋驟然有些發熱，她不好意思低頭咬，躊躇了半晌拿手接住，連說話都有些結巴，「剝、剝剝外面那層就可以了。」

她有一點隱約感覺到，黑蓮花最近變得有些奇怪。

按理說此時正是柳拂衣撇下慕瑤不顧，姐姐傷心脆弱的關鍵時期，原著裡慕聲已經開始主動爭取姐姐了……可是眼前，她的攻略角色還在一瓣一瓣地替她剝柚子……

「唉……好了好了。」妙妙抓住他的手腕，「別剝了，小心手疼。」

他沒有動，任她握著，目光落在她白皙的手上，「我沒用手，用的是刀。」

凌妙妙尷尬地挪開手，飛快地往嘴裡塞了一瓣柚子。柚子清甜而汁水飽滿，令人心情愉悅，每個毛孔都舒張開來，她含含糊糊地問，「慕姐姐還好嗎？」

慕聲纖長的睫毛低垂，彎了彎唇角，露出坦然的自嘲微笑，「阿姐素來不聽我勸。」

「那你……勸我吧。」凌妙妙滿臉同情，托腮瞅著他，語氣特別真誠，「我聽你勸。」

慕聲呆了一瞬，旋即道，「勸什麼？」

「無論柳大哥娶了慕姐姐，還是娶了帝姬，我都不高興。」她撇了撇嘴，恨恨道，「不高興死了。勸吧。」她眨眨眼。

少年的臉色幾番變化，許久才乾乾道，「那妳換個人喜歡吧。」

凌妙妙饒有興趣地看著他，「我應該喜歡誰？」

他覺得這段對話有些熟悉。當時在涇陽坡李府，少女坐在他的床上，滿眼醉意，憐惜地捧著他的臉，而他冷靜地問，「我應該喜歡誰？」

「喜歡我呀，把你養得白白胖胖……」

他睨著妙妙，心裡百轉千迴，半晌才冷冷地答，「總歸不是柳拂衣。」

「子期，你該不會總是這樣勸人的吧？」凌妙妙滿臉失望，「難怪勸不動慕姐姐。這也太直接了，安慰人要講究說話的藝術的……」

他微不可察地笑了笑。她哪裡知道，面對阿姐時的舌燦蓮花，在她面前全都使不出來，心裡又乾又澀，說多錯多。

凌妙妙邊說邊吃，吃得累了，遞給他一瓣柚子，「你怎麼不吃？」見他半晌不接，直接拿起來抵在他唇邊，「嘗嘗吧。」

他頓了一下，乖乖地張嘴將柚子吃下去。水果冰涼而甘甜，待慕聲吃完，她又耐心地餵他一瓣。

他乾脆刻意不伸手了。凌妙妙沒有覺察，邊餵邊趁機教育，「慕姐姐多可憐呀，柳大哥不在，她只有你一個弟弟了。你不陪她，誰來陪她？」

「妳和阿姐不是也處得很好嗎，怎麼不勸？」

「我……我哪像你，我又不知道慕姐姐喜歡什麼，也不太清楚怎麼討她歡心。」

她有些心虛。原著寫到主角一行人回長安，柳拂衣缺席，慕瑤黯然傷神，黑化了的慕聲欲取而代之，於是在一個月黑風高的夜裡向姐姐自陳身分，表白心跡。

自曝短處，哪還能討得了好？慕瑤無法接受撕掉面具的弟弟，甚至對身邊蟄伏著這樣一個虛偽的人感到崩潰和噁心，因此激化矛盾，姐弟二人從此決裂。黑蓮花徹底黑化，搖身一變，徹底晉升為後期的反派角色。

按照現在的劇情發展，他未必一定會黑化，可是決裂和矛盾看來無法避免。

對長年暗戀的人來說，倘若沒被當面拒絕，就不會徹底斷了念，藏在心裡就總覺得還有希望。所以這段日子她非但沒有阻撓，反而刻意促成慕聲與慕瑤單獨相處。

妙妙打從心裡希望慕聲能邁過這個坎，只有他決絕地讓慕瑤成為歷史，她才能有勇氣面對嶄新的他。

只是，看著黑蓮花像貓一樣乖巧地吃她餵的水果，潤澤的眸中難掩失意和疲倦，她心裡又有些愧疚，彷彿為了自己的私心做出傷害他的事似的。

「其實，我也不知道如何討阿姐歡心。」少年的聲音漸低，「無論我怎麼做，她都不會開心。」

「那你就再接再厲……」

「只因為那個人是我。」

凌妙妙微蹙眉頭，一瓣柚子猛然塞進他的嘴裡，阻止了後面的話，「太好了，一點也沒浪費。」她樂不可支地擦去手上的汁水，慢吞吞地將柚子皮攏在一處。

覺察到他的目光一眨也不眨地落在她的臉上，才隨意道，「你不要總是這樣自貶嘛，你哪裡不好了……」

她屈起手指比劃了一下，杏子眼裡帶著笑意，「是比柳大哥差那麼一點點，但也沒你說的那麼差。慕姐姐很喜歡你的，我能看出來。」

「是嗎？」他垂下眸子，又抬起眼來望著她，低聲重複了一遍，「我……沒有不好……」

凌妙妙傻乎乎地笑了，「你怎麼跟小孩學說話似的呢。」

隱約傳來了梆子聲，凌妙妙走到窗邊往外看，鉤子似的月亮掛在樹梢。她伸了個懶腰，「都這麼晚了，快回去睡覺吧。」

已經很晚了嗎？他站起身來，望著她的背影，只覺得心中空蕩蕩的失落，漫成一片海。

凌妙妙已經毫不留戀地把他往門外推，「你的房間就在隔壁，我就不送了，快去快去……」

夜燈單薄纖弱，微光如豆。少年一人站在房間裡，環顧四周，捲起帳子的床榻、圈椅、黑褐色小桌，和桌上花瓶裡插著的乾燥花……正如她所說，幾乎是一模一樣的房間。

可是又截然不同……沒有她的氣息，便是蕭索如寒冬。

# 第十四章 情蠱

HEILIANHUA
GONGLYUE SHOUCE

在長安停留的第三天，他們收到柳拂衣匆匆遞來的信，信封上還殘留著連綿陰雨天的潮氣，薄薄的紙被露水打得皺巴巴的。

慕瑤展開信紙時顫抖的手指暴露了她的急切，可是掃過一眼之後，她就臉色慘白地笑了笑，一語不發的將紙疊成四折，鎖進匣子裡。

「阿姐。」慕聲的黑眸定在她的臉上，敏銳地繃緊神經，「怎麼了？」

她垂下眼簾，眼角的淚痣在燈下閃著光，肌膚彷若透明，「沒什麼，追查大妖一事耽擱不得，我們先出發往無方鎮去吧。」

慕聲的手扣在匣子上，「讓我看看。」

「不管他了，先下一盤吧……」

「讓我看看。」他一動也不動，眸中滿是冷意，罕見地在姐姐面前表現出執拗的一面。

慕瑤臉上強撐的笑終於全數褪盡，有些放棄地鬆開手，靠在椅子上。

慕聲抿著嘴唇取出那張蒼白的紙，信上的字跡異常潦草，只有短短兩行。

**情況有變，歸期不定。不必等，先行。**

他「啪」地一甩，將紙擲在桌上，語氣發沉，「阿姐！」

慕瑤別過頭去，飛速地擦去溢出眼角的一絲晶瑩，深吸一口氣，紅著眼眶強笑道，「阿聲，別鬧。」

慕聲沉默地看著她的臉，若非被逼到絕境，她鮮少露出這樣失態的神色。

他知道阿姐對柳拂衣用情之深，他年少時使盡渾身解數也無法介入，嫉妒酸澀這麼多年，幾乎都快習慣了。經歷數次劫難，他們一次比一次更加密不可分，難以撼動。眼看他們一路發展到即將成婚，他也只是覺得，或許這就是故事的結局，是他被迫得接受的終點，也無不可。

都已經這樣了，他還能怎麼樣呢？可是為什麼偏偏在這個時候，柳拂衣突然撇下阿姐離去……這麼多年來，慕瑤從來沒有當著他的面哭過。

他的眸中慢慢沉澱出一種異樣的冰冷，「阿姐這次還要等他嗎？」

慕瑤驚異地抬頭，「什麼意思？」

慕聲的語氣越發薄涼，「一而再再而三地如此處事，難道阿姐還要原諒他嗎？」

「原諒？」她蹙起眉頭，「拂衣並未對不起我，談何原諒？」

他低眼，柔和美麗的睫毛蓋住眼裡翻騰的憎惡，「柳公子從不潔身自好，三心二意搖擺不定，任何一個女人送上門來，他都不會拒絕。阿姐，這就是妳喜歡的人？」

慕瑤怔住了，隨即氣得發抖，「阿聲，你說話怎麼這樣刻薄？」

少年猛然站起身，居高臨下地望著慕瑤，沉默了許久，似乎到達壓抑的爆發點，發出一聲意味不明的嗤笑，「刻薄？」

慕瑤也跟著急促地站起身，眼前之人潤澤的黑眸中熟悉的無辜和親切迅速褪盡，浮現出陌生的乖戾，連帶著他周身都瀰漫著一層冷意，與平時截然不同。

慕瑤頓了頓，放低語氣，「你到底想說什麼？」

「我這麼多年來想說的話，阿姐不是早應該料到了嗎？」他的眸中彷彿結了冰，嘴角的譏誚之意越發明顯，「他若是夠喜歡妳，早就趕著娶妳了。但如今連娶妳都推三阻四，阿姐就沒有想過，從此不要他了嗎？」

「慕聲！」慕瑤先是被踩了痛腳，頭皮一陣發麻，隨後才後知後覺地意識到，他的話全是主觀臆斷，偏偏說得異常難聽，幾乎是句句忤逆。

她本就在氣頭上，又被煽風點火……她勉強壓住火氣解釋，「這麼多年，你難道還沒看清嗎？拂衣並不是你所說的那樣。」她刻意放柔聲調，想緩解此刻的氣氛。

「那又如何？」慕聲卻毫不留情，步步緊逼，「在我看來，妳根本不需倚仗他、求著他。」

「誰求著他了？」慕瑤的自尊心驟然被踐踏，心裡的火倏地被點燃，神情冷了下來，「我雖然一直與拂衣在一起，但那是因為喜歡他，何曾倚仗過他！」她頓了頓，又覺得跟他爭辯毫無意義——因為他不懂。

慕瑤的語氣緩了下來，「感情的事情，你情我願……阿聲，你還不明白。」她慢慢地坐下，有些疲倦地喝了口水，想讓自己冷靜一下，「你先出去吧，讓我靜靜。」

「我不明白，阿姐難道就清醒？」慕聲站著不動，有種咄咄逼人的壓迫感。

「阿聲，出去……」

他充耳不聞，微勾嘴角，笑容卻毫無溫度，「我看阿姐糊塗得很呢。」

慕瑤抬起頭，淡色的眸盯著他，冷笑道，「好，就算如你所說，我是倚仗柳拂衣。那我若離他而去，你說我們兩個該倚仗誰？」

她的音調越發抬高，帶著一絲委屈的沉痛，「慕家撐到今天，不過苟延殘喘。你以為沒有拂衣一力支持，我們是如何還在捉妖江湖中保有一席之地？」

慕聲緘默片刻，古怪地冷笑，「那是因為——阿姐從始至終就不夠相信我。」

慕瑤皺眉，「我何嘗不相信你？」

「我說過我可以保護妳，為爹娘報仇，但妳從來沒放在心上，寧願相信柳拂衣，也不肯相信我。」

慕瑤被他氣到笑了，「你實力如何，難道我做姐姐的不清楚？你的術法一大半是我教的，法器是我給的。慕家術法，我自己都學得一知半解，何況是你？你連我都打不過，怎麼面對『她』……」

「我可以。」他驟然打斷，眸中翻騰著黑雲般的戾氣，低眉盯著自己併起又張開的手指，呼吸顫動，聲音卻極輕，「我非但能打過妳，放眼天下，沒幾個人是我的對手。」

慕瑤注視他片刻，臉色極其難看，「你想怎麼做，卸髮帶嗎？」她冷笑一聲，「是非不明，不擇手段……這麼多年，我就只教會你這個？」

慕聲的神情驟然出現一絲裂痕，被他很好地掩藏在面上的乖戾之後。

慕瑤將冷掉的茶水推至一旁，動作大了些，茶水潑出來沾溼了她的手，「在裂隙之下，妙妙懷裡掉出的香囊是你送的吧？」

聽到這個名字，他驟然抬眼，眸中的驚異還未消退，就看見慕瑤面色蒼白地冷笑，「你知道淩妙妙怎麼說的嗎？她說是路上撿的。」

慕聲的臉色驟然變得很複雜。她在背後這樣維護他……

「香囊裡有什麼東西，你當我不知道嗎？妙妙不懂事，幫你瞞著我，以為這樣是為了你好……」

「阿姐……」他再度打斷，少年臉上的神情完全破碎開來，眼中空洞洞的，「我是什麼東西，妳不是早就知道嗎？」

他走了兩步，腳步很輕，卻彷彿踩在危險的臨界線上。

「正派加諸於我的束縛再多，也一樣都改變不了我骨子裡的低劣。」他說出「低劣」二字時，語氣中帶著薄涼的笑意。

「我非但畫了那一張反寫符，還有很多張，多到……我數不清了。」他驟然綻開一個燦爛的笑，令人毛骨悚然。

「我三番兩次動用禁術，死在我手中的妖物，不知凡幾。」他纖長的睫毛垂下，在眼底投下一小片陰影，那張青春俊俏的臉上，瀰漫著陰鷙狠厲的氣息，「我睚眥必報，血債累累，在阿姐面前不過是裝作隻乖順的寵物，騙取一點憐惜——現在我就告訴阿姐……」

慕瑤猛地起身，駭然倒退幾步，步伐虛浮著，嘴唇微張，半晌沒能說出話來。

他抬起臉來，臉上是破碎的笑，「我要告訴阿姐，我可堪依靠，而且比柳拂衣強得多。我們從此以後，還做姐弟。不過是報仇而已，阿姐若是想要殺『她』，我自有辦法。天下良人無數，阿姐大可隨意挑，何必倚仗一個柳拂衣……」

她的嘴唇顫動半晌，猛地搖搖頭，終於發出了聲音，「不可能。」

慕瑤的嚴詞拒絕，猶如一刀而下的斬首，判決了他的結局。

「不可能？」少年冷笑一聲，頓了半晌，似乎才將瀰散的神智一點點拉回來，「不可能放棄柳拂衣，還是……」

他袖中的手指已經在微微顫抖，面上卻維持帶著壓迫意味的笑意，「我不配待在慕家，做妳弟弟了？」

慕瑤的臉色鐵青，倒退幾步，在強烈的慌亂中，摸到袖中匕首，悄悄握在了手上，內心這才略微鎮定下來，「阿聲，你累了……先回去休息吧。」

眼前最熟悉不過的臉，竟然綻出十分生硬的微笑，刻意放柔的語氣裡，掩藏不住尾音的一絲慌亂。

慕聲的步伐陡然僵住，如同被人迎面澆了盆冰水。

他情願阿姐一巴掌過來，打他罵他，像往常一樣訓斥他。好讓他知道，自己還是她的家人，還是她的弟弟。

絕不是像現在這樣，對他假意笑著，像是手無寸鐵的獵人，機智地與野獸周旋。

多麼隨機應變的敵對。他的目光向下，落在她發顫的袖口，隱約露出了匕首刀刃的輪廓。夜色如此漆黑，彷彿漫山遍野的雪花席捲而來，化作無數冰錐刺進他全身上下每一處穴位。原來阿姐也和那些人一樣，害怕他的真面目。只是勢單力薄，暫且不敢撕破臉，只好假意配合，先穩住他。

彷彿有什麼東西，在慕聲心裡慢慢裂開了。那一點僅剩的自尊，「嘩啦」一聲，破碎得無法撿拾。

他緘默了許久，抽回腳步，轉過身去。彷彿世界都在此刻翻轉掉頭，從此白天也成黑夜，他一步一步，在走不完的黑夜裡打轉。孑然一身，再無親人。

「阿姐……也早點休息吧。」

「你的本質……表裡不一，蛇蠍心腸。

「反正跟慕姐姐和柳大哥不是一路人。他們能為大義生、為蒼生死，你能嗎？

「你和慕姐姐不合適呀，不會有人理解你，你的花瓣都要愁掉了呀……」

他不記得自己是怎麼走到淩妙妙的房間的，只記得自己像困於沙漠中的瀕死旅人，憑著本能奔向虛幻的綠洲。

從前她是瑰麗鮮活的彼岸，一點一滴引誘他的注意力。

現在他已是斷線風箏，離群孤雁，要是沒有彼岸星火，就只能是迷失在浪裡的航船。

「慕聲，你有一個失蹤的娘，你很愛她。你自小在姐姐身邊長大，身旁只有她的關懷……是不是恰好是她填了這份空缺，你會不會其實是把對你娘的愛，轉嫁到……

「如果養著小老虎，只是看牠沒有齒爪，沒有反抗能力，占有了牠，主宰著牠，看著老虎變成貓的笑話，心裡又害怕著有朝一日牠會反咬一口，所以防著牠，忌憚著牠……這就是葉公好龍。」

清冷的月光打在走廊上，他的腦中循環往復，一句一句，都是她曾說過的話。

只是，她怎麼可以如此一針見血……字字珠璣，句句讖言？

門猛地被推開，帶著桌上燭光搖曳了一下，滿室破碎光暈。

凌妙妙放下書，滿臉詫異地站起來，「你走錯啦，隔壁才是你的房間……」

話語頓止，她發現慕聲的臉色難看至極，整個人像幽魂一樣，飄到她的面前。比她還高一個頭的少年，竟然……在微不可察地發抖。

她怔了怔，遊神一想，今天他待在慕瑤那裡的時間，似乎比往常更長，難道……

她張口結舌，「你……你……你去表白了？」

「我沒有。」他許久才道，眸中沒有焦距，像是冬天裡被凍僵了的旅人，反應慢了半拍。

「沒有……什麼意思？」凌妙妙被他弄糊塗了。

他連嘴唇都在顫抖，「沒有就是沒有。」

可是看這模樣，他肯定已經去過慕瑤那了。決裂已經發生，馬上就是黑化的關鍵時刻。她顧不得在乎黑蓮花走錯房間的事情，飛快地收拾書和筆，輕手輕腳地往外溜，「那我不打擾你了，你一個人靜靜吧……」

衣服卻驟然被人從背後拉住。

「妳去哪裡？」他的聲音很低，似乎疲憊至極。

凌妙妙被他揪著，手裡抱著書，背對他眨著眼睛，「我……我去你房間睡啊。」

奇怪了，一般人失戀被拒，難道不想自己待著靜一靜嗎？

慕聲緘默著，半天沒能說出挽留的話，只死死拉著她的衣襬不放。他在一片混沌中感知到，若是讓她走了，他可能即刻便會墜毀。

凌妙妙頓了頓，「好……好，我不走。」

他這才放開手。妙妙安頓慕聲坐下，給他倒了杯熱茶，趴在桌上，小心地看著他，「喝點水吧。」

慕聲不動，她將他兩手拉起來放在杯盞上，隨即不容拒絕地攏住他的雙手，強迫他感受杯子的溫度。二人的手交疊了片刻，前後都是暖的，慕聲垂下纖長的睫毛，顫著手端起茶杯喝了一口。

溫熱順著他的喉嚨，直達肺腑。他回暖過來。

凌妙妙已經溜到床邊，彎著腰鋪床了，她用手拍打展平被褥，半回過頭，「要不……你今天就睡在我這吧，好不好？」

他頷首，任憑淩妙妙拉著他，將他安頓在她的床上。

凌妙妙趴在床邊，隔著被子拍拍他，眼眸晶亮，「什麼也別想了，睡吧，我守著你。」

凌妙妙是被身後喀嚓喀嚓的躁動聲驚醒的。

深夜極涼，她背上瑟瑟發寒，鼻端是油墨刺鼻的味道，這才驚覺自己趴在桌上睡著了，鼻尖正壓著攤開的書頁。

夜色深沉，桌上點著的蠟燭燃到盡頭，只有冷清的一點月色透過窗格照射進來，投下四塊菱形光斑。

「喀噠喀噠喀噠……」身後還在發出吵雜聲，若不是有老鼠跑進屋裡……那就是闖進了賊。

她晃了晃昏沉沉的腦袋，飛快地點起蠟燭，端著燭臺往床榻上一照，驚得魂飛魄散。帳子外面縈繞著雲朵般的黑氣，盤旋不去，像風一樣掀動著掛在床角的一把木頭刷，是以吵雜不絕。

紗帳裡的人睡得極其不安，似在夢魘。早先聽說過失戀以後不哭不鬧的人容易憋出內傷，黑蓮花……憋得暴走了嗎？

她急忙跑過去，隔著帳子外的黑雲喚，「子期，子期？」

少年緊閉雙眼，睫毛顫動，滿頭都是冷汗。

妙妙顧不得許多，一頭闖進團團黑氣中，掀開帳子，整個人鑽了進去。她搖了搖他的手臂，駭然發現他的衣裳都被冷汗浸溼了。

「慕聲，醒醒啊！」她有些慌了，額頭上也出了一層冷汗，「你這是怎麼了？」

「黑化」不是應該很酷的嗎？怎麼會如此狼狽……

「叮——系統提示：攻略角色【慕聲】處於遭遇重大挫折的靈力外泄狀態，尚未進入黑化過程。玩家給予角色一定的生理刺激即可，比如……」

靈力外泄……生理刺激……她心裡亂成一片，話都沒聽完便手腳並用爬上床，坐到慕聲身上，左右開弓地低頭朝著他蒼白的臉打了幾個耳光，清脆地罵道，「不就表白失敗嗎？有什麼大不了的，世界上除了你姐姐沒別人了嗎？何苦吊死在一棵樹上？別這麼孬！給我醒醒！」

系統繼續發出提示，「比如給予角色適當的親吻……」

淩妙妙聞言驟然收回手，尷尬至極地罵，「怎麼說話這麼慢！害得我……」

黑蓮花都這麼慘了，在昏迷中還要挨她幾下巴掌。她滿懷歉意地低頭，手摸上他白玉般的臉，好在他看著臉皮薄，被她打了那麼幾下，倒沒留下什麼痕跡。正想著，手指猛然被人攥住。

他的手心火熱滾燙，夢囈道，「妙妙……」

「嗯……」她眼神一亮，「是我，是我，快醒醒……」

一聲驚呼截斷在喉嚨裡。猝不及防天旋地轉，她被慕聲一個翻身壓在身下，驚慌失措地想要起身，雙腿卻被他的膝蓋抵著動彈不得，小腿的骨頭發痛。

手腕被死死抓著，壓在枕側，妙妙差點沒脫口而出「你瘋了吧」。

他的唇驟然挨下來，她猛地一偏頭，讓他吻了個空。他旋即暴戾地將她兩隻纖細的手腕一併抓著壓在頭頂，騰出一隻手來，捏住她的下頷。

「你……你……」

少年雙眸緊閉，昏暗中依稀可見他睫毛的弧度。淩妙妙氣得說不出話，這人眼睛閉著，意識模糊還能如此精準，牽制得她反抗不了……

他的唇再度落下來，稍微偏了些，只印在她的唇角。

淩妙妙不再掙扎，心跳劇烈。慕聲渾身上下都很冰涼，散發著蕭索的梅花冷香，只有唇和掌心火熱。他陣勢極大，又是壓著她，又是掐她下巴，嚇得她顫抖地縮成一團，只覺得在劫難逃。

誰知落下來的吻出乎預料地柔和，一下一下，蜻蜓點水，似乎不像是掠奪，倒像是……討好。縱然已經占了壓倒性優勢，骨子裡依然卑微。

她這才從慌亂中鎮定下來，臉上熱得發燙。二人的呼吸糾纏在一處，只聽見他在昏暗裡忽然開口，依然像是在說夢話，「妳會一直陪著我？」

她只是愣了片刻，他的吻驟然變得暴烈起來，甚至在她的唇上輕咬了一下。

「嗯！」她在驚惶中猛然應答。

「永不離開？」他接著問，聲音低啞。

她眨了眨眼，「在這個世界的時候……永不離開。」

他似乎終於得到允諾，這才失去意識倒向一旁。

帳子外的黑雲驟然散去，露出明媚的月光。

從今往後……天上地下，唯此一人。是彼岸，也是歸港。

凌妙妙被嘰嘰喳喳的鳥叫聲吵醒，陽光落在眼皮上，通紅滾燙。

她睜不開眼，在床上懶洋洋地翻了個身……旋即驟然清醒，直直地坐起身來，捏住了被子。被子安穩地蓋在身上，帳子是放下來的，身旁沒有人。

她嚇了一跳，撩開帳子坐起來，光腳穿上了地上的鞋，伸著脖子往外看。屋裡也沒人……一大早就不見人影，不會跑出去報復社會了吧……妙妙揉了揉臉頰，強迫自己冷靜下來，飛快地披上了外裳。

剛穿上一隻袖子，門便被「吱呀」一聲推開。她驚詫地看見慕聲衣冠楚楚地從門外進來，很是自然地坐在了桌邊。他看起來幾乎恢復如初，動作毫無凝滯，表情正常得很，似乎昨晚的一切都是她的夢。

「你……你去哪了？」她小心翼翼爬下床，拉開凳子坐在他對面。

「我去找阿姐喝早茶。」他破天荒地綻放了一個微笑，帶著少年具有欺瞞效果的明媚，一如初見時的模樣。

阿姐……慕瑤？難道，不應該已經……決裂了嗎……

「噢……」她說不上是驚異還是失望，坐在桌邊，心裡有些奇異的酸澀，「你怎麼今天突然去找慕姐姐喝茶？」

「我有些事，需要跟她商量。」他不動聲色地倒茶，將茶杯推到她面前。

凌妙妙有些心神不屬地啜了一口，沒忍住問了一句，「什麼事啊……」

「妳我的婚事。」

「噗——」她將一口茶噴了出來，隨即猛地咳嗽起來，眼淚倒灌。慕聲走過來，將咳得東倒西歪的凌妙妙攬進懷裡，輕柔地拍了拍她的背。

凌妙妙從他的懷裡掙脫出來，小鹿般的眼睛一眨也不眨地望著他，「什麼意思？」

原版凌虞是嫁給了慕聲，可是絕不是這種嫁法，似乎是慕聲用了某種手段，控制住她……千頭萬緒還沒理清，他竟然猝不及防來求婚了？

慕聲的雙眸瀲灩，倒映著她，那深不見底的黑，彷彿看進去便要溺斃，「嫁給我，不好嗎？」

「我……」她只覺得震驚，「你……未免太突然了。」

少年臉上的笑意微斂，慢慢蹲下去，虛趴在她的膝上，仰頭向上看。那一雙秋水般的眼在根根分明的睫毛掩映下，黑亮得驚人，「我……片刻都不願再等了。」

淩妙妙抽出膝蓋，離他遠些，有些難以置信，「可是你昨天才對慕姐姐表白……」

「我沒有表白。」他的神色驟冷，旋即站起身，俯視著她，「阿姐，就只是阿姐而已。」

淩妙妙敏感地察覺到，他說「阿姐」二字的時候，原先飽含的那種熱忱和親暱全部消失了，這兩個字從他的嘴裡吐出來，非常漠然，不帶絲毫感情。

少年將少女翹起的一縷頭髮輕柔地別至耳後，手指無意間擦過她的耳廓，引得她下意識地一陣戰慄。他的語調很平靜，「如果妳不喜歡，斬斷也未嘗不可。」

淩妙妙怔怔看著他的臉，只覺得他周身的氣質又發生了天翻地覆的變化，讓她有些不敢輕舉妄動。

「子期？」她試探著喚。

「嗯。」慕聲垂眸望她，這熟悉的垂眸，讓她放下了大半的心。還是他，只不過，只不過變得有些古怪而已。

「我覺得……」她躊躇了一下，睫毛顫動起來，「我覺得這種事情，還是急不得……」

「妳心裡還裝著柳拂衣？」他驟然打斷，握緊拳頭，眼裡一片暗沉。

「我……」她像是被消了音，「沒有」二字說什麼也吐不出來，腦海裡一連串的系統警報聲交疊響起。

她頹然明白過來，在任務一中，她始終是暗戀著柳拂衣的設定。任務一天不結束，她便一天不可自主。

「關柳大哥什麼事？」她只好換了種說法，瘋狂揉著被痛楚折磨的太陽穴，痛得眼淚都在眼眶裡打轉。

這畫面看在慕聲眼裡，卻是另一種口是心非的光景。

「那該怎麼辦？」慕聲柔和地發問，周身寒意更甚，漆黑潤澤的雙眸定定望著她，語氣中有一絲偏執的認真，「妳已經答應我，會陪著我，永不離開。」

「子期，你聽我說……」

少年捏住她的下巴抬起來，目光流連在她的臉上，竟然帶著無限迷戀和痛楚，許久，才輕啟薄唇，「凌妙妙，我的心給妳了，妳能不能試著喜歡我？」

她怔怔望著他，「我……」一連串的警報音使頭要炸開了，她強忍著系統提示音，急切道，「我真的不討厭你，子期……」

她著急地撥開他的手，抱住頭用力捶了兩下。喜歡柳拂衣以外的男人這種事，不能經由凌虞的嘴自己說出來……現在已經是四分之三進度，再熬過四分之一，她才算真正的自由。

慕聲望著她，低低笑了一聲，這答案顯然不能讓他滿意。

他眸中的深沉之色越發濃郁，像是滿溢出來的漆黑夜色，猝不及防用腿抵住了妙妙的雙膝，一手搭在她的肩膀上。看似親暱，卻用了幾分力，直接將她按在椅子上。

「子期……」她茫然地抬起頭，掙扎起來，有些慌了，「慕聲，慕聲……」

他充耳不聞。眸中明暗飛速變換，彷彿有烏雲時聚時散，忽而明晰清澈，忽而深不見底。

淩妙妙駭然地望著他的眼睛，難道他命中註定要黑化，拖延了這麼長的時間，還是無法避免，而且不是為了慕瑤，而是……

他竟然緩緩笑了，有如迎春花綻放，語氣非常柔和，「妳可以不喜歡我，我們從頭開始也好。只是……想嫁給柳拂衣……」眼眸驀然一暗，眸中戾氣令人心驚肉跳，「做夢。」

而是為了她……

他的唇角勾著，笑容毫無溫度，手指已經放在纖細秀麗的髮帶上，扯了一下。

晚了……原先還在掙扎的少女驟然定住，不受控制地望著他變得美麗絕倫的眼睛。

他蹲下來，頓了頓，帶著幾分哄騙的味道，一字一頓，「妳喜歡我。」

她遲緩地開口，「我……」卻頓住不說了。

慕聲眸中出現一絲惱意，偏執地重複一遍，「妳喜歡我。」

「我……喜……歡你。」妙妙終於艱難地吐出幾個字。

幾乎是同時，忤逆他人心志致使的反噬驟然啃齧心脈，他睜大眼睛捂住心口，一口血吐了出來。

他毫不在意地拿袖子擦去，蒼白的唇上帶上幾絲鮮紅的妖冶，一意孤行地接著道，「妳願意嫁給我。」

「我……願意……嫁……給你。」

又是一下心悸，他的臉色蒼白，青筋幾乎暴起，忍了片刻，嘴角仍舊溢出一絲暗紅。

「好，就這樣……就這樣說定了。」他慢慢地壓下喉間的腥氣，微微笑著將臉貼在她的膝上。抓起她垂在地上的柔軟裙角，在手裡輕柔地把玩。

許久，睫毛顫了顫，似乎在自言自語，「不要拒絕我，我……承受不起妳的拒絕。」

借髮帶之力的蠱惑，抽魂奪魄，只能維持七日。七日，已足夠他將一切都辦妥。

就是這麼貪婪，這麼低劣……他就像個癮君子，擁有一日便沉溺一日，再往後，再往後……他害怕去考慮往後的事。

淩妙妙的雙眼失去焦距，摸摸膝上的人，手指繞著他的頭髮打轉，像小孩一樣好奇地問，「子期，你在幹什麼呀？」

他將她的手捉住，閉眼溫柔地親吻她的手指，答非所問，「今生今世，妳非得陪著我不可。」

淩妙妙低頭遲緩地繫上衫裙的繫帶，坐在妝臺前，對著鏡子紮辮子。垂髻紮得軟塌塌的，她左看右看，不滿意地噘嘴，「紮歪了。」

她的指尖描摹著鏡子裡倒映出來的少年的臉，隨即點點鏡面，「你，你幫我。」

慕聲無聲地貼近她，妙妙驚異地回頭，似乎有些不明白鏡中人怎麼能出現在現實之中。

慕聲握住她柔軟的髮髻，拆了，隨即拿梳子沾了一點梳頭水，有些生疏地理順她栗色的長髮。鏡中的少女不吵不鬧，只睜著一雙小鹿般的杏眼好奇地看，乖順得像個娃娃。

「我不要這個。」她忽然掙了一下。

「什麼？」他的動作微微一頓，黑眸望向鏡中。

「不要這個味道。」她捏起鼻子。

他驟然明白過來，她說的是梳子上沾的梳頭水，梔子花的香氣濃郁。他低眉望著梳子，微有迷惘，「妳一直都用它梳頭。」

「子期不喜歡。」她憤憤道，「我也不喜歡。」

他驟然僵住，擱下梳子，牽起她的幾縷髮絲輕嗅，眼神迷濛，「我沒有不喜歡……從前都是騙妳的。」

「真的？」

「真的。」

「嗯，那我也喜歡。」鏡中人臉上驟然轉晴，笑彎了眼睛，「我也喜歡。」

少年唇角微微彎起，一吻落在她的頭髮上，旋即蹲下單膝著地，親吻她的側臉。

凌妙妙偏頭，指尖噠噠點著鏡子，「紮頭髮。」

他不捨地放開她，「好，紮頭髮。」

香爐煙霧繚繞上升，安靜得可以聽見室外嘰嘰喳喳的鳥鳴。

他梳了一刻鐘的髻還嫌短，紮上緞帶的時候，手都有些發顫。好在他紮自己的髮帶還算熟練，最後的蝴蝶結打得漂亮凌厲。

凌妙妙對著鏡子審視辮子，滿臉挑剔，「紮得比我還歪。」

他握住她彎起的垂髻，徵詢地看著鏡子，「再來一遍？」

「不要了。」她揚起下巴搖頭。

「那便不要了。」他的雙眸漆黑潤澤，半晌才抿唇承諾道，「以後會越來越好的。」

凌妙妙微瞇眼睛，開始哈欠連天。這便是情蠱的副作用，一天到晚精神不濟。少年將手伸到她背後，不顧她掙扎，將她攔腰抱起安頓在床上。

「我不想睡覺。」她強撐著精神，玩他衣服上縫著的幾顆黑色玉珠。

他的手覆蓋在她手背上，握住她的手，「休息一下，吃飯時才有精神。」

「喔。」她乖乖地抽回手去，交疊在腹部，睫毛輕顫。

慕聲的臉色微有蒼白，神色複雜地望著她，「一會要說的話，記得了嗎？」

「嗯。」她點頭。

「要不要練習一遍？」

她頓了頓，扭過頭，「不。」

少年卻強行將她的臉扳回來，嚴肅道，「練習一遍。」

她眨著眼睛，戳戳他的胸口，「你會難受。」

溫柔驟然在他眸中蕩開，「不會再難受了。」

她咬緊齒關搖頭。他不再強求，低垂眼眸，伸手理了理她額際的頭髮，幾不可見地笑道，「要妳說一句喜歡，果真比登天還難。」

帳子裡的凌妙妙睡了，他便坐在桌前，取下筆架上的筆，草帖、婚書、聘單一張張寫過去，寫得快而決絕。

「咚咚咚——」他擱下筆開門，小二滿頭大汗地拎著一隻黃嘴黑翅的大鳥上樓來，鳥還拍動著翅膀。見他開門，小二面露喜色，「公子，您要的雁。您瞧，精神好得很呢。」

少年拎起翅膀看了牠半晌，頷首遞給他一錠金子，小二道了謝，揣進了懷裡。

「雁和信，什麼時候要給您送到？快馬加鞭少說也要三日，中間要坐航船。」

他的聲音很低，「夠了。路上把牠照顧好。」

「好……」

「子期！」背後橫出一聲喚。他猛然回過頭去，淩妙妙提著碧色裙子赤腳跑到他身邊，指著那隻拍動翅膀的鳥清脆道，「我要這隻野鵝！」

「哎，淩姑娘。」小二笑得踉蹌，「這……這是大雁。」

她臉上惶惑無辜，歪頭重複道，「我要這隻野鵝。」

小二的表情凝固了一下，總覺得這位姑娘看起來怪怪的，不似前幾日機靈活潑。他還未及反應過來，眼前的少年已經直接強行將她打橫抱回了床上，用帳子遮住，她還在猶自指著大雁掙扎，「我要……」

慕聲匆匆走回來，又給他一錠金子，低聲道，「這隻留下，再去另尋一隻。」

小二又往裡好奇地看了一眼，觸到少年沉鬱的警告眼神，感覺像是被扼住了脖子，飛快地收回視線，「好……」

淩妙妙蹲在地上，用指頭小心地戳戳大鳥黃色的喙。

「嘎——」牠不勝煩擾，有氣無力地叫了一聲，聲音都嘶啞了。

少女笑了，雙眼彎彎，像隻小動物。面前還放著兩個小碟子，一個碟子裡盛著清水，另一個盛著堆起來的草葉，她拿起一株草在大鳥嘴邊試探，半晌，失落道，「子期，牠不吃飯。」

慕聲專注地望著妙妙的臉，只道，「待會就好了。」

「牠是不是很不喜歡被抓來呀？」她緊張地抬起頭，「我們把牠放回去吧……」

慕聲的指尖落在她的頰上，一點一點摩挲著，「放回哪去？」

「從哪來，放回哪去……」

「放？」他無謂地一笑，「妙妙，這是我送草帖的隨禮。」

她頓了頓，果然被轉移了注意力，「草帖是什麼？」

他深深地望著她，欲言又止，「寫給妳爹爹的信。」

「爹爹……」她似乎想起什麼，坐定在桌前，忽然捂住頭，「爹爹……」

「怎麼了？」他緊張地抓住她的手腕，眼裡似有微光一閃，整個人彷彿定住一般。

世界寂靜了兩三秒。四目相對，妙妙的手慢慢從頭上放了下來。

「我也要給爹爹寫信。」她微微抿唇，從筆架上取筆，就著他剛才磨好的墨和鋪好的紙，開始歪歪扭扭地寫起來。

慕聲低頭一瞧，她寫得飛快，反反覆覆只有兩句話。

爹爹，我喜歡子期，我願意嫁給子期。

我喜歡子期，我願意嫁給子期。

我喜歡子期，我願意嫁給——

他心中猛然一陣驚痛，攥住她的手腕，「別寫了……」

「你別攔我給爹爹寫信呀……」她猶自掙扎，最後一筆劃了出去，斜亙出紙面，彷彿割開整張信紙。

他終於奪下她手上的筆，兩人衣服上都是點點墨跡。她低頭看一眼自己黑乎乎的手，怔了幾秒，嫌棄地擦在他的衣服上。

慕聲低頭看著她的手。她擦乾淨手，又不安分起來，忽然摟著他的脖子磨蹭，似乎很煩躁，嘴唇屢次碰到他的臉。慕聲將人拉開，手指抵在她的唇上，違心道，「妙妙，再等等……」

他的拇指在她紅潤的唇上反覆摩挲，似乎這樣就能望梅止渴似的，「再等等吧。」

只是……要等到什麼時候……等到七日之後？到時他還有機會嗎？

凌妙妙鬧得累了，這才將頭埋在他的懷裡，恨恨道，「你跟我道歉。」

這話的語氣和情緒，都像極了原來的她，讓慕聲整個人僵住了。隨即興奮和戰慄同時升起，甚至不敢低頭看她的臉，他的睫羽顫了顫，「道歉？」

「說你錯了，不該對我用這種手段。」

他刹那間低下頭去，「妙妙？」

懷裡的人依然雙眸渙散，把玩著自己的手指。七日未到，果然一切都是他的錯覺，心中說不上是鬆了口氣，抑或是深重的失落。

他將人抱在膝上，重新抽了一張紙，圈著她寫起來。妙妙的腦袋偏了偏，從慕聲的角度，越過她的髮頂，看得見她白皙的鼻尖和眨動的睫毛，「你怎麼代我給爹爹寫信？」

他翹起嘴角，邊寫邊道，「理應我寫。」

慕二公子，求娶太倉郡守凌祿山獨女凌虞。青年才俊，家世相當，用詞用語無不謙遜妥帖。他的字板正清峻，和他本人一樣具有強大的偽裝，使人錯以為這是個光明磊落、值得託付的好少年。

透過薄薄一張紙，幾乎都能看見岳丈滿意的微笑。他寫至落款前，空了兩行，將筆給她，指尖點了點紙，「寫在這。」

她盯著空出的那兩行，一動也不動。他的唇貼近她耳側，帶著耐心哄騙的味道，「寫妳剛才寫過的那兩句話。」

對於一個獨寵女兒的父親來說，什麼家世人品都是旁人之言，親女兒的首肯，才是板上釘釘的官房印。

凌妙妙握緊了筆，卻不落，「你跟我道歉。」

少年輕笑一聲，低頭吻她的頭髮，「我錯了。」

凌妙妙頓了頓，唰唰寫了一行字，撂下筆，開始自顧自玩手指。

慕聲低頭一看，紙上只寫了五個字「我討厭子期」。

他不做他語，另抽一張紙，更加工整地謄抄一遍，在落款之前空下兩行，將筆塞進她手裡，「好好寫。」

凌妙妙抿抿嘴唇，「好好道歉。」

他不知妙妙為何對道歉執念如此深沉，漫不經心地哄道，「我錯了。」

她咬著牙，「我恨子期」寫得比剛才還潦草敷衍。

他再抽一張紙。他從未想過自己會有如此耐心的時候，彷彿只要她不喊停，這個遊戲就會無限循環下去。而他毫無怨言。

再遞筆給她時，妙妙有些倦了，打了個哈欠，「先道歉。」

慕聲長長的睫毛覆下來，撩開她的頭髮，吻落在她的耳垂上，語氣帶了幾絲偏執的委屈，「可是我真的喜歡妳。」

「啪。」她將筆摔了，墨汁飛濺。似乎覺得還摔不過癮，撿起來抓在手上，像松鼠要掰開堅果似地鼓起腮幫子，掰了幾下沒掰斷。

慕聲將筆接過來，折成幾段攤在她面前，水潤的眸子望向她，「消氣了嗎？」

凌妙妙瞪他的眼神，簡直就像想把他跟筆一樣折斷似的。

他又從筆架上拿起幾根狼毫一字排開，毫不在意，「不夠的話，我再幫妳折幾支……」

凌妙妙還未聽完，便驟然撲到他懷裡，一口咬在他的肩膀上。慕聲將人緊緊按在懷裡，她又踢又打又抓，牙用上了幾分力，咬得他衣服裡都浸了血絲。

肩上的痛感猛地傳來，他的眸中滑過異樣華光——

這才像她，外柔內剛有脾氣的淩妙妙，尖牙利齒，抓住機會就要反將一軍……這一刻，他的心在剎那間活了過來，隨即是深重的酸澀和茫然。

陽光落在她栗色的髮頂上，碎髮像是被鑲了暖融融的金邊。

她伸手打落他的竹蜻蜓，「因風而上、聽天由命才像蜻蜓，風大風小都會干擾。你用符咒控制著它，就將它變成一具傀儡了，跟別的傀儡又有什麼不同？」

原來越是沉淪便越感到空虛，他想念的始終是她。蜻蜓和傀儡，終究是不同的。

他冷靜地抱著她，黑眸閃動，微不可聞，「是我錯了。」

懷裡的人一頓，不再掙扎，「你一會去把野鵝給放了。」

「嗯。」

她頓了頓，悶悶道，「再寫一張。」

他低下頭去，淩妙妙的杏子眼也望著他，眨了眨。慕聲鋪開紙，抄了三遍，字字句句已經爛熟於心。

落款前空了兩行，淩妙妙從他手中奪過筆，趴在桌上敲下官房印。

「爹爹，我喜歡子期，我願意嫁給子期。」

中午他們得去和慕瑤吃午飯。妙妙要將沾了墨汁的衣裙換下，在解衣帶之前，驟然抬眼瞪著他，「你迴避。」

慕聲似乎有些意外，「昨天妳也沒有要我迴避……」

她慢吞吞地解著衣帶，滿臉不高興，「昨天是昨天，今天是今天。」

他頓了頓，依言背過身去。

淩妙妙將裙子脫下，換上一件齊胸襦裙。繫帶要繞到背後交叉打結，裙頭沒壓住，從背後逕自掉了下來。背上驟然一涼，隨即有隻手擦過她的背，飛快地拎起她的裙頭壓在背上。

她驟然僵住，背對著他，臉紅到耳根，「怎麼回事，不是要你迴避嗎？」

「我迴避了。」少年用三根手指壓著她的裙頭，抵在她雪白的脊背上，語氣聽起來很是無辜，「裙子掉了，我幫妳接住。」

她急忙將手伸到背後，從他手中接過裙頭，飛快將那繫帶纏了兩圈，睫毛顫得飛快，「你不回頭，怎麼看得到我裙子掉了？」

腰驟然被慕聲攬住，整個人再度被圈在懷中。他的吻難以克制地落在她的頸側，似乎連掩飾都懶得掩飾了，「嗯，我錯了。」

「你……」她哽了一下，氣急敗壞地往外鑽，「你放開，我的結還沒繫好……」

他一手緊摟她，另一手從床上撿起長長的半截繫帶，「我幫妳繫。」這幾日抽魂奪魄，辮子會紮歪，紐扣會錯位，繫帶打成死結，都是常有的事，他不覺得奇怪。

她有些語無倫次，連呼吸都是亂的，「那是繫在前面的！」

「知道。」他不以為意，雙手環過她的腰，拉起繫帶，下巴抵在她的肩上看著，在她胸前打了個結。繫緊蝴蝶結的瞬間，他感覺到懷裡的人重重地顫抖了一下。

「怎麼了……」他低眸看她，驟然發現妙妙的整張臉都紅撲撲的，眼神一時有些迷茫，撫了撫她滾燙的耳尖，「妳竟會害羞？」

被情蠱控制的人，像是三魂七魄不全的痴人，對外界的感知很是遲鈍，竟然也會臉紅。

她被摸了耳尖，瞬間像被燙到似地偏過頭去，幾乎是手腳並用地往外鑽，像剛剛掉進陷阱的小動物一般奮力掙扎，「放開……」

慕聲手一鬆，她便驟然向前撲倒在床上。妙妙在衣服堆裡翻身背對著他，旋即惱羞成怒，清脆道，「你從我的床上下去！」

他俯身一撈，又將她拖回來，「妙妙……」

昨天也不曾有這麼大的脾氣……

慌亂中，凌妙妙低頭一口咬在他的虎口上，少年猝不及防地驟然收手。妙妙抱膝縮成一團，秋水般的雙眸氣急敗壞地瞪著他，「去換你自己的衣服！」

他不敢再逼了，懷著滿心疑慮，默然回到隔壁房間。

這一個來回，午飯整整遲了兩刻鐘。慕瑤一人坐在一桌冷飯前等著，險些坐成一座雕像。她沉默地抬起頭，淩妙妙是被慕聲牽來的，步伐還有些踉踉蹌蹌。慕聲拉開椅子，將她安頓好，幾乎將一切能代勞的事情全部代勞。

慕瑤頓了頓，喚道，「妙妙？」

乖巧坐著的淩妙妙扭頭對她笑，「慕姐姐。」

這一笑令她放下大半的心，神色複雜地看了慕聲一眼，「先吃飯吧。」

那天晚上，她幾乎徹夜不眠，腦海裡反反覆覆回想這些年來與慕聲相處的場景，才發覺自己有多少忽略之處——

慕聲在她面前，一直都太乖了。說一不二，言聽計從，以至於讓她忽略了他本來的個性，習慣性地教育他、約束他，乃至逼迫他……

他驟然掀開假面，慕瑤在難以接受的同時，還有一絲酸楚的荒誕感覺。

天壤之差，血海深仇。以她的為人，必與邪門歪道勢不兩立，巴不得除之後快。可是當他轉身走出房間的剎那，她竟然感受到了巨大的心痛，相依為命多少年的姐弟，哪怕他有多少偽裝，那些年的情分，難道也如水東流？

那一刻，他覺得自己眾叛親離，她又何嘗不是。她沒辦法再當他是至親，但也不忍心當他是仇人。

他們默契地保持著這樣微妙的平衡，絕口不提那天晚上的事，相安無事地相處，但她知道，一切都變了。慕聲變成今天這樣，其中有她的一份。

她沒想到的是，慕聲來找她的第一件事，就是要娶淩妙妙。慕瑤知道對現在的慕聲來說，她的意見無足輕重。她即使阻撓，他也自有辦法做到。

但他狀態不穩，行事乖戾，徹底無所顧忌。若是強行將無辜的淩妙妙牽扯進來……因此她還是選擇答應，以慕聲姐姐的身分做主婚人，若他有什麼出格之事，就由她代為扳正。

她扭過頭，淩妙妙邊剝蝦邊側頭，嘰嘰喳喳地跟她說話，看起來並無異樣，「慕姐姐，我們什麼時候去無方鎮呀？」

慕瑤勉強一笑，「十日後就走。」

「不等柳大哥了嗎？」

她頓了頓，「不等了。」

淩妙妙頷首，將蝦塞進嘴裡，一會又笑道，「慕姐姐吃蝦蘸醬油嗎？」

「不蘸。」慕瑤看著少女粉嫩的臉頰。她的杏子眼一閃一閃，臉色很好，帶著小女孩的嬌憨，看起來似乎什麼都不知道。

這種輕鬆很快便感染了慕瑤，她想，或許成婚是真的兩情相悅。

慕聲沉默地看著她們對話。淩妙妙說話很快，精神飽滿，看起來和往日沒有差別。慕瑤緊繃的神色漸漸鬆弛下來，他緊攥的手指也慢慢放鬆了。

這人在情蠱之下，依然這麼爭氣。他無聲地勾起唇角，茫然地望向窗外，說不上是欣喜還是悵然。

酒肆之外車水馬龍，陽光從窗子照進來，平鋪在桌上，茶水粼粼閃光。

「妙妙，成婚是人生大事，妳真的想好了嗎？」慕瑤問出最後一句。

淩妙妙眸子一轉，咬了咬筷子頭，旋即燦爛笑道，「我喜歡子期，我願意嫁給子期。」

慕瑤愣了愣，也笑道，「好。」

午飯到了尾聲，慕瑤對妙妙道，「吃完飯想不想去我房間坐坐？」

「不必了。」慕聲先一步代她回答，伸出手來，「妙妙跟我走。」

妙妙順從地牽住他，站起身來，立刻被他拉到了身後。那是一個非常強勢的保護動作，他的笑容毫無溫度，「我們下午要去街上，不能陪阿姐聊天。」

「也好。」慕瑤張口，想不出該說什麼，只能生硬地提醒了句，「照顧好妙妙。」

妙妙以纖細的手指捏住蝴蝶釵，往頭上比了比。蝴蝶翅膀一顫一顫，在陽光下閃著金光。

攤位上的簪子琳琅滿目，都是小地方手工製作，比不上首飾店裡的繁複華麗。這蝴蝶釵款式也很簡單，還沒有她頭上原來戴的那支精緻。

攤主巧舌如簧，拍著手爆出一陣誇張的驚嘆，「好看！太好看了！十足符合姑娘的氣質，真是天上有地下無。」

街市喧鬧，人來人往。商鋪鱗次櫛比，懸出的五顏六色招牌擠占街面，吆喝聲此起彼伏。

慕聲本想帶妙妙去首飾店裡買，見她聽了攤主的讚美，忽然在陽光下笑了，便沒有開口。

淩妙妙忽然半扭過頭，故意踮了踮腳，那蝴蝶翅膀便上下搖擺，閃動著光。她眼裡也好似有流光閃爍，笑得很興奮，「你看，會動的。」

印象裡，她只有小時候才戴這種誇張的亮晶晶東西，想起來還有些懷念。

「買一支吧。」慕聲毫不猶豫地付銀錢，睫毛輕顫，只覺得心也被那蝶翅攪得七上八下。

淩妙妙順手摘下原來的雲腳髮釵塞給他，戴上了翅膀會動的小蝴蝶。他將雲腳簪子順手揣進懷裡，旋即飛快地扳過她的下巴，「戴歪了。」

「不可能啊。」淩妙妙迅速伸手去摸。他已經輕巧地將髮簪摘下，捏著她的臉重新戴了一遍。

不知為什麼，他的動作刻意極慢，手指屢次不經意地劃過她的髮絲，弄得她臉上發癢，不禁有些躁動，「好了沒有？」

他不放手，扭頭朝店主道，「再來一支。」

一左一右，端端對稱。她伸手一摸，惱了，「誰要你戴兩支對稱的？

一隻蝴蝶像是無意中棲息在頭髮上，端端兩隻蝴蝶……不就成了裝裱的蝴蝶標本？

對稱規整最適合小女孩。妙妙梳了個雙髻，現在鬢髮上還戴著兩隻對稱的蝴蝶，被打扮得像個六七歲的娃娃……

少年打量著她紅撲撲的臉，眼裡好似有滿足的笑意，「好看。」

「我不要。」她憤憤，伸手要摘。慕聲擋住她的手，再次扭頭淡淡道。「再來一支。」

攤主一連賣出三支蝴蝶發釵，心內狂喜，畢恭畢敬地遞過去。

慕聲睨著妙妙的臉，將右邊的髮釵稍微挪了挪，往右邊又插上一支，破壞了對稱的造形。小小的蝴蝶在她的栗色鬢髮上次第閃光，令人目不暇給。誇張又不遵常理，倒是符合她這個人。

淩妙妙忍無可忍猛扯他的衣襬，「快走吧。」

她懷疑自己再待下去，會被他插成蝴蝶人。

走過三四個攤位，她手上多出好幾個玩意。把火紅的糖葫蘆捏在手上轉了轉，她低頭叼住了第一顆山楂，尚未吞下去，就聽見身旁的少年低聲道，「我也想吃。」

她看他一眼，鼓著腮幫子指指攤位，含糊道，「去買。」

他一眨也不眨地望著她的臉，語氣含了一絲委屈，「我想吃妳手上的。」

淩妙妙一怔，忍痛將剩下的遞過去，「那給你……我再去買一串。」

他卻不伸手接，只是垂眸望著她手裡紅彤彤的糖葫蘆，又用那雙漆黑潤澤的眼睛望著她。淩妙妙明白過來，火冒三丈拉過他的手，強行將糖葫蘆塞進他的手裡，扭頭走了，蝴蝶髮釵閃閃爍爍，「愛吃不吃隨你！」

「哎——」算命攤前有個人影一閃，撞得桌子顫動，桌上插著的黑白八卦旗左右搖擺，一連串骰子滾落到地上。

那人身形高大，斗笠壓得很低，還垂著黑紗，匆匆道了一聲「抱歉」。

淩妙妙與那人擦肩而過，盯著那熟悉的背影，緊跟著幾步追過去，「柳大哥！柳大哥，你去哪啊？」

那身影聞言一頓，隨即飛快地繞過街巷拐角，一閃身便不見了。一張紙箋斜飛出來，在空中打幾個轉，匆匆地落在她腳下。

她頓住腳步，順手撿起來揣進懷裡，心怦怦直跳。堂堂捉妖人，大白天像做賊似地遮著臉，還狼狽到在集市上亂竄……

旋即她突然被人一把箍回懷裡，慕聲的聲音在她耳畔低低響起，帶著顫抖的冷意，「想往哪跑？」

她指著空無一人的小巷，還未反應過來，「沒跑，我看見柳大哥了……」

「我沒看到。」

「真的……」

「妳看錯了。」他打斷，神色冷淡地牽住她的手往回走，用力得彷彿像是用鎖鍊扣住她。

凌妙妙一路被他拽著走，天色漸晚，集市上的攤位紛紛收起，街道驟然寬闊起來。兩旁二層樓三層樓的酒肆點起燈，觥籌交錯的聲響從格窗中傳出來，整條街上暖黃的燈火如星。

路越走越偏了，走到最後，幾乎看不見屋宇。夜風吹來，影影幢幢的大樹抖動，無數片細小的葉子相互碰撞，發出沙沙的聲響。

凌妙妙不認得路，直到走進空無一人的密林，才警覺起來，「我們來這幹嘛？」

慕聲的眸色漆黑，倒映著月光的亮。他鬆開她的手，將她抵在粗糙的樹幹上，答道，「說話。」

她的睫毛顫動，慕聲身上清冷的梅花香將她包圍，「說……說什麼話？」

林木如松濤擺動，是發寒的色調，交錯相連的樹冠遮天蔽日，偶爾聽得見林間寒鴉一聲長啼。妙妙的背驟然挨住冰冷的樹幹，打了個寒顫，他便再往前一步，快要貼上她，這樣的壓迫感令人頭皮發麻。

他抿著唇，手指輕柔地繞著她鬢邊的碎髮，好似在極力克制自己。半晌才抬起頭，漆黑的眼眸定定望著她，「妙妙，拿出來。」

「什麼？」她的眸光閃動。

他耐心地看著她，「柳拂衣給的東西。」

凌妙妙驟然抬眼，眼中冒火，「你不是說我看錯了嗎？」

他翹起唇角，白玉般的臉上掛著意味不明的笑。這樣的環境和距離，無端有種濃重的劣勢感，她頓了頓，畏怯地道，「不是給你的。」

他抬起她的臉，複雜地凝視她的雙眸。半晌，聲音很輕，不知是在對她說，還是在自言自語，「不聽話。」他俯身下來，嘴唇輕碰她的臉頰，「都已經這樣了，還不聽話嗎？」

她避開，飛速道，「想必也不是給我的，既然不是給我們的，誰都不要拆。」

「我們」二字一出，少年一頓，神色稍霽，目光落在她臉上，語氣緩和，「放在妳手裡不太好。還是拿出來給我吧。」

凌妙妙搖頭瞪著他，視死如歸。慕聲沉默半晌，垂眸望著她，虛點兩下她的胸口，漆黑眼底似含著冷冽的笑意，「妳以為放在這裡，我就不敢拿嗎？」

語尾剛落，他欺進一步，驟然吻上她的唇，輾轉反側；左手將她雙手制在背後，旋即趁她不備，右手將她襖子的繫帶抽開，伸了進去。

「嗯……」她劇烈掙扎起來。

他稍微離開，聲音微啞，似乎在忍耐的邊緣警告，「不想讓我碰到，就別亂動。」

凌妙妙識時務地不動了，待他吻完，那張薄薄的紙箋也捏在了他的手裡。

慕聲不著急展開紙箋，而是先幫她把襖子繫好，把毛邊領子抽出來拍平。衣領襯著妙妙通紅的小臉蛋，若不是她滿眼慍怒地瞪著他，他還想再順勢摸摸她的臉。

這下得逞，消去了他大半的怒火，眼中的愉悅蓋都蓋不住。他神情輕鬆地展開信箋看，橫七豎八的墨跡下面，有一行潦草的字。

瑤兒：已得脫身之法，十日後無方鎮「花折」酒樓會合。照顧好自己。

他翹起的睫毛微顫，面上譏誚，「還算有點能耐。」

「你別把它扔了。」凌妙妙湊過來看。他手一抽，輕巧地避過她，沒讓她看見半個字，將信箋揣進了懷裡。

「我為什麼要把它扔了？」慕聲望著她的雙眼，刻意道，「柳公子說了，回來便要和阿姐成婚。」

凌妙妙無言以對。

酒肆的燈光亮著，一樓大廳仍有滿滿的客人。小二穿梭其中，正在提水，看見了他們，特意過來打招呼。

「對了，凌姑娘，」他眉眼彎彎，「那本書看完了嗎？」

凌妙妙怔了片刻，「書……」

慕聲半擋在她面前，少年的面容鮮活但笑容冷漠，「我們先上去了。」

「噢……」小二撓撓頭，疑惑地看著那少女被少年緊緊牽著上樓。

凌妙妙回到房間，逕自翻箱倒櫃，最終在桌子下面撿起那本沒看完的小說，「呼」地吹去上面的灰，轉身便要下樓。

「妳去哪？」他擋在她面前。

淩妙妙仰頭，「還書。」

「我幫妳還。」

淩妙妙看他半晌，似乎是忍了又忍，將書扔給他。轉身掀起帳子，氣鼓鼓地躺到床上。

少年拿著書下樓，老舊木樓梯發出「喀吱喀吱」的輕響。他走著忽然想到什麼，慢慢拿起書，翻到最後一頁，一目十行掃了一眼結局。

淩妙妙清醒的時候講過，故事是公子愛上他的先生，不擇手段強取豪奪，逼得先生兩度自殺，後來二人竟還強行在一起了。

昏黃的燈搖曳在他的頭頂，濃密的睫毛在眼底投下一小片陰影，他微微抿著唇。書的最後一回，先生不堪忍受公子的占有欲，第三次自殺想嚇唬一下公子，沒想到真的死了。公子遭遇重創，吐血而盡，死前絕望地笑道，「強扭的瓜終究不甜。」

少年「啪」地合上書，潤澤的黑眸中閃過一絲慌亂的惱怒。他握緊拳頭，忍著想點炸火花的衝動。好在她沒看完。

「慕公子來還書？」小二整天都笑吟吟的，拿起汗巾擦擦臉，接過書放在一樓的木架子上，接著走回來擦桌子。

慕聲立在一旁，聲音很低，「你那位相好，最近有傳來宮裡的消息嗎？」

「宮裡……您是想問柳駙馬？」

「嗯。」

「我聽說，柳駙馬日日悉心照料，帝姬的瘋病已大幅好轉了。」

他點點頭，不做他語。小二擦過了桌子，又好奇地問，「慕公子的婚事籌備得如何了？」

「快了。」

他愣了一下，不太明白「快了」是什麼意思，另起話頭，「對了，慕公子。我聽聞捉妖世家都驕傲得很，不與普通人家聯姻，那淩姑娘想必很討人喜歡吧？」

他先前與淩妙妙打過兩回交道，是個嘴甜又沒架子，挺可愛的女孩。不過若要讓捉妖世家公子著了迷一樣地趕著迎娶，一切手續全部加急，倒是引人好奇。

「她……」少年睫毛低垂，想了半晌，只吐出兩個字，「很好。」是我高攀。

淩妙妙一肚子氣地躺在床上，左等右等不見人來。桌上的燭火搖搖晃晃，瀰漫出細細的煙霧，在眼裡漸漸模糊，竟然就這麼睡著了。

慕聲回來的時候，發現帳子裡的人連被子都沒蓋，和衣側躺在床上，手放在枕邊睡得很沉。他伸出手，將她頭上尖利的三隻蝴蝶發釵卸下擱在桌上，拉開被子為她蓋上。

不知為什麼，書裡那句「強扭的瓜不甜」始終橫亙在心裡，擾得他心煩意亂。他決定今晚暫且放過妙妙，不打擾她了。

他「呼」地吹熄了燭火，屋裡陷入黑暗。撲光而來的一隻飛蛾，驟然間迷失方向，砰地撞在窗戶上，隨即發出一陣「啪啦啦」的振翅聲。

「慕聲……」她悶哼出聲。他一怔，借著冷清的月光俯下身看，她的眼睛還緊緊地閉著，眉頭已經蹙起來，含糊不清地咕噥道，「唉，你好煩。」

只是吹個蠟燭，也不知怎地惹到了她。他以指腹反覆摩挲她綿軟的臉，聲音壓得很低，「叫我什麼？」

她不吭聲，手腕搭在額頭上，似乎睡得迷迷糊糊，懶得睜眼。

他又用了幾分力，懲罰似地捏了捏，「嗯？」

凌妙妙終於睜眼看他，黑色瞳仁在月色下極亮，滿眼都是嫌棄，「煩人精。」

看來今晚是不能好好睡了。慕聲將她從床上抱起，吻在她的額頭上，旋即摟著她輕聲道，「叫子期。」

凌妙妙不語。他抱得更緊，耐心地重複，「叫子期。」

凌妙妙驟然氣得笑了，瞪著他，「叫你爹爹好不好？」

他沉默了兩三秒，低眉吻她的臉，「妳想也可以。」

凌妙妙將他推開，氣急敗壞，「去你的。」

翌日清晨，凌祿山的回信和嫁妝跋山涉水地送到了長安，隨之而來的還有三個人——灰衣服的阿意和凌虞的表叔表嬸，據說是代表女方家來商談婚事。

這頓飯吃得很尷尬，因為凌妙妙對眼前這兩個八竿子打不著的親戚毫無印象，只得挨著唯一熟悉的阿意，不停低聲詢問，「他們是做什麼官的？家裡有幾個孩子？孩子多大了？」

阿意平日看家護院是個好手，在這種情形下卻頻頻抹汗、坐立不安，結結巴巴道，「小姐，我不知道……這個……我也不清楚……我就是、就是個帶路的……」

凌妙妙恨鐵不成鋼地暗嘆一聲。

凌祿山官居要職，脫不開身，又沒什麼兄弟姐妹，只得從亡妻那邊點將，點了兩個自告奮勇願意幫忙的遠親，專程跑來考核准女婿。說是考核，表叔表嬸卻沒半點自覺，坐在飯桌上喜笑顏開，要說多客氣就有多客氣。

慕瑤處事一直穩妥，慕聲更是進退得宜，三言兩語間，已經把她那位天降的表叔哄得不知今夕是何夕了。

在這個世界，捉妖世家似乎地位超群，即使慕家只剩個空殼，徒有聲名在外，也是瘦死的駱駝比馬大，跟一方官宦家庭不相上下。像是她嫁過去，反倒是撿到便宜似的。

慕瑤如實道，「家父家母已逝，妙妙嫁過來，沒有長輩照拂，還請多擔待。」

表嬸笑得燦爛如菊，「哎呀，沒有公婆需要侍奉那更好了……」隨即被表叔踩了一腳，急忙改了口，「哦，對不住、對不住。我的意思是，妙妙在家嬌生慣養，只怕侍奉不好公婆，呵呵呵……」

淩妙妙也跟著尷尬地笑了幾聲。

慕瑤頓了頓，又謹慎道，「捉妖人常年在外漂泊，居無定所……」

表嬸又稱讚道，「妙妙性子野，年紀又小，讓她在外面多逛幾年，就當到處玩了。我們這種大門不出二門不邁的，還很羨慕呢！」她扭過頭親切地看著慕聲，似乎對這位俊俏的準姑爺怎麼看怎麼喜歡，「再說了，不是還有慕公子嗎？」

慕聲表現得禮貌謙遜，還帶了一絲恰到好處、長輩最喜歡的羞澀，「嗯，我會護著妙妙的。」

「你看你看……」表嬸回頭對著表叔使眼色，「我就說沒問題。」

表叔撫鬚頷首，掩不住的讚賞，「慕公子實乃青年才俊……」

凌妙妙乾坐著，像是擺在桌上的端莊花瓶。半晌，她低聲問阿意，「你路上有看緊人嗎？這真是我們家親戚，沒有被掉包？」

阿意嘴裡幾乎能吞下顆雞蛋，「掉……掉包？被誰掉包？」

凌妙妙冷笑一聲，「準姑爺。」

「啊？」他越發驚駭了，「小姐，您別講鬼故事吶……」

凌妙妙長吁一口氣，無力地靠在椅子上，「阿意，還有酒嗎？給我倒點。」

阿意剛伸出手，忽然盯著她身後，話都有些說不好了，「小……小姐，準姑爺好像在瞪我。」他坐立不安，臉色都變了，「唰」地站了起來，「小姐稍坐，我先去行個方便……」

「哎……」她伸手去拽，但阿意跑得比兔子還快，轉瞬便不見人影了。

她扭過頭看慕聲，少年的嘴角彎著，眸中映著水色，「妙妙過來，坐我這邊。」

妙妙不動，表孃竟然戳戳她，臉上帶著過來人洞悉一切的笑，「去呀。這孩子，在不好意思什麼。」

她提著裙襬，慢吞吞地坐到慕聲身邊。甫一坐下，桌下的手便被他扣住，似乎生怕她跑掉一般，直到他要雙手敬酒，才不太情願地放開。

酒過三巡，表孃試探著問，「妙妙，妳爹爹脫不開身，他要我問問，妳是想在這裡成婚，還是回太倉去，按我們的鄉俗隔三十天成婚？」

慕聲聽在耳中，手指攥緊杯盞，指節微微發白。

「不回太倉，就在這裡吧。」她平靜地應道。

表嬸和表叔對視一眼，「那也好……那我們留在這裡，給妳操持婚事？」

妙妙抬頭問道，「表嬸，您準備一場婚禮，需要多久？」

「多少也得二三十天。」她扳著手指頭，「嫁衣得訂做，宅子也得有……」

少年垂眸，臉色微有蒼白，無聲地灌了一口酒。

凌妙妙笑道，「我們十日後就要動身去無方鎮了，婚事一切從簡吧。」

表嬸有些意外，「妳想……妳想簡到什麼份上？」

「在長安城裡找個月老廟，拜過堂就算成親。」

四個人的目光都落在她的臉上。慕聲的眼眸漆黑，深不見底。

「這?!」表嬸擦了擦汗，「這恐怕……」

「天地為證，遙敬高堂，沒什麼恐怕。」少女輕鬆地笑笑，眼裡黑白分明，「就後天吧。」

慕聲的神色驟然一滯，酒險些從酒杯傾出——後天恰是七日之期的最後一日。

量身做嫁衣就花了整整一天，到了傍晚，淩妙妙的眼睛都有些睜不開了。

三日之內要結婚，就意味著嫁衣不可能多麼精巧細緻，刺繡墜珠肯定是來不及了，只得力求裁剪簡潔大方。

表嬸鞠躬盡瘁，帶來千里之外捎來的禮物——匣子裡裝的是雙珍貴的繡鞋，是淩虞娘家給的嫁妝之一。鞋尖飾以圓潤的東珠，行走之間光華流轉，據說連鞋底都是羊皮做的，柔軟異常，但很是嬌貴，沾不得水。

天氣涼了，淩妙妙就在室內穿著它行走，裙襬下面兩汪圓月般亮閃閃的光。

她坐在床上，半穿著鞋，伸直雙臂，任裁縫女第三次核對她的臂長尺寸。

量至末尾，門「吱呀」一聲開了，露出慕聲的影子。他沒有猶豫，逕自走了進來。

裁縫女發現這少年絲毫沒有避諱的意思，而少女也習以為常，連臉都不抬，心裡有些詫異，收了尺，點點頭便匆匆離開。

慕聲這兩日忙得很。儘管婚事已經一切從簡，他要處理的事情依然堆滿案頭，一整天都在東奔西跑，直到傍晚才抽出空來看望淩妙妙。

她半睡半醒地倚在床上，半穿的鞋子「啪嗒」一聲落了地。他撩襬蹲下，握住她的腳踝，將鞋子穿了上去。他的手指有些涼，覆在妙妙的腳踝上，使她驟然驚醒。

她低下頭，慕聲正在由下往上地看她。

少年長而密的睫毛下是純粹黑亮的瞳仁，眼型猶如流暢的一筆濃墨劃過，在眼尾挑起個小小的尖，眼尾微微發紅，嫵媚得不動聲色。這個角度，越發顯現出他銳利而無辜的美。

「月老廟，是妳想出來的？」他的聲音很低，幾乎像是在哄人睡覺。

淩妙妙軟綿綿地倚著床柱，「嗯。」

他的睫毛顫了一下，眸中有流光閃過，「為什麼？」

「什麼為什麼？」她揉揉痠痛的手臂，打了個哈欠。

「為什麼從簡，為什麼……是後天？」他的語氣帶了一絲罕見的惶惑，似乎真的是在急切地請求她的說明。

她勾勾嘴角，揚起下巴，語氣宛如嘲笑，「子期不是很著急嗎？」

他猛地一愣，旋即站起身來，輕柔地撫摸她的臉。許久，竟然有些迷離地笑了，像是透過琉璃瓶，看著裡面垂死的鮮花，「要是真的妳……就好了。」

淩妙妙皺起眉頭，「你才假的呢。」

他微微一頓，白玉般的臉湊過去，非常克制地喊了一聲，「妙妙。」

他抬起臉，垂下的睫毛輕輕顫抖，似乎在緊張地期待著慰藉。是一個相當虔誠的索吻姿態。

凌妙妙盯他半晌，食指在自己嘴上點了點，沾了緋紅的胭脂，用力地按了一下他的下唇。

馬不停蹄急趕的婚禮，天公亦不作美，從清晨開始就陰沉沉的。天上聚集了大朵的雲，空氣中飄浮著發悶的潮氣，在秋高氣爽的長安，竟然嗅到像木頭家具發黴的味道。

鏡子裡的金步搖像鞦韆般無聲搖晃，慕瑤修長的十指穿梭在她栗色的髮間，伸手為她戴上繁複的頭面。

金鳳銜珠，那串精巧細緻的珠鍊垂在前額，最後一枚細小的珠子恰好印在嫣紅花鈿的花心。

慕瑤抿唇望著鏡中人。凌妙妙低頭盯著自己的手指，睫毛垂著，眼尾罕見地以紅妝勾起，但還不及上正紅的唇脂。尋常的小家碧玉在這個時刻，都會帶上一絲平時不顯的嫵媚。

「妙妙……妳看看？」她有些生疏地扶住凌妙妙的肩。

凌妙妙認真地往鏡子裡看，嫣紅妝面，桃腮杏眼，出挑的鮮豔，一時將臉色蒼白的慕瑤襯得黯淡無光。

「慕姐姐……」她有些詫異，「妳的臉色不大好。」

「我……」慕瑤苦笑了一下，從鏡子裡注視著她。許久，開口囑咐道，「阿聲他……」卻不知該從何說起——若是將真相告訴她，會嚇到她吧？

慕瑤躊躇了片刻，淡色的瞳孔澄清，「他若是欺負妳，就來找我。不要忍著，知道嗎？」

凌妙妙抿唇笑了，反手握住慕瑤搭在她肩膀上的手，「慕姐姐，慕聲這個人吶，可能跟表面看到的不大一樣，但其實也沒有那麼不同，不要害怕他。」

慕瑤一怔，旋即啞然。凌妙妙竟把她要說的話搶先說了。

她抿了抿嘴，眼角下的淚痣似乎在燈下閃著光，「妳不知道，阿聲他……」

「慕姐姐，」凌妙妙又開口打斷，「倘若騎了十年的坐騎忽然發狂，往前一步是萬丈深淵，往後一步是平坦大道，妳會怎麼辦？」

慕瑤頓了頓，下意識答，「自然要臨崖勒馬。處境很危險，其實可以放開轠繩跳下馬，任牠衝下去，可是我既然能拽緊轠繩，為什麼不試試？相處十年，想必已經心性相通，即使發了狂，也不該……」

她驟然停住，腦子裡嗡地一下，似乎明白了妙妙話中的意涵。

凌妙妙拿起胭脂紙抿在唇上，眼中泛著明亮的水色，鮮豔的紅唇微翹，望著鏡子道，「那就請拉他一把吧，不要讓他掉下去了。」

紅蓋頭邊緣垂著長而秀氣的流蘇，直墜到淩妙妙的胸口。她走路很快，從來學不會矜持地輕移蓮步，流蘇隨著她的步伐輕輕搖晃，像是雀躍。

下了轎，慕瑤小心地扶著她的手臂，輕聲提醒，「走慢點。」

長安城內最大的月老廟就佇立在前方。天邊濃厚的雲層低垂，彷彿吸飽水氣，下一秒便要滴落成雨。慕瑤抬頭望著發青的厚雲，眼中無聲地露出一絲憂慮。

「來了來了……」響起一串雜亂的腳步，是表嬸扔開嗑了一半瓜子吆喝的聲音。在場幾個人剛才坐在臨時搬來的椅子上，此刻正慌慌張張地保持禮儀。

月老廟裡有座兩人高的石像，頭頂的屋蓋還有一個大洞，呼嘯著漏風。

幾天前表嬸他們專程找了維護寺廟的人，期望能把這破屋頂趕著補一補。結果對方回覆，「這洞是特別留的。子夜一至，月光便穿過這洞，照在石像身上，月老就顯靈了。」是不可能修的。

表嬸仰頭看看那個洞，看到一小塊陰沉的天，凍得打了個寒顫——很久……沒有見過這麼簡陋的婚禮了。

淩妙妙的嫁衣是特別訂做的。裁縫女心靈手巧，留了穿棉衣的空間，紅色嫁衣裡套了一件貼身的小襖，坦然站在那裡，一點也不覺得冷。

扶著淩妙妙手臂的力道突然一重，熟悉的梅花冷香襲來。她微微偏頭，透過紅紗看得到滿室蠟燭搖曳的紅光，身旁已經無聲地換了人。

一對新人攜手走入廟中，走得很慢。

他們身上的喜服是暗色調的，緞面光滑，並無多少珠飾。新娘身後曳出長長裙襬，暗緋色的衣服藉著幾縷室內的燭光，竟然有種慵懶的華麗。

雙排蠟燭在月老像前搖曳，點點星火如同河中漂燈。

表叔清了清嗓子，「咳咳，那就……」

眼前驟然一亮，隨即「轟隆——」一道落雷響徹雲霄，窗外的樹枝被風吹得幾乎要拔地而起。

表嬸驚叫一聲。這座狹小簡陋的月老廟內，除了新郎新娘毫無反應之外，其他人都嚇了一跳。

淩妙妙低頭看著裙緣，露出的鞋尖上兩枚圓潤的東珠閃著流光。她稍微換了個姿勢，慕聲虛扶著她的手臂立刻收緊，既是安慰，也是牽制，斬斷了她退縮的後路。

「別怕。」他的聲音低低傳來。淩妙妙側頭，不吭聲。

「慕姑娘，妳看，快要下雨了，這……」

別說這年久失修的廟能不能禁受得住一場狂風暴雨，就說這頭頂的洞，就已是個大麻煩。

「沒事……快一點吧。」慕瑤無奈地嘆口氣，輕聲催促。

一切儀式都加速進行，外面的雷聲越來越急，底下的親戚也戰戰兢兢。慕聲卻不慌不忙，幾乎是架著妙妙一板一眼地拜了三拜。

二人起身，面對那座手牽紅線的月老塑像。因為年久失修，月老手上的紅線被風霜摧殘得千瘡百孔，看上去像是在扯麵，沾了滿手的麵粉。

淩妙妙不由得勾起嘴角。少年敏銳地側頭，無聲地盯著蓋頭後方，只看得到一點她眉眼模糊的輪廓，他卻有種錯覺，覺得她此刻是高興的。

他垂下長長的眼睫，有些自嘲地笑了笑。除了他欣喜若狂，又有誰會真心高興呢？

「立誓吧。」慕瑤急促地宣布了最後一道儀式。

按這個世界的禮儀，要彼此雙方許下諾言，才算禮成。

「我要說什麼？」這是淩妙妙今晚開口的第一句話，久違的聲音脆而亮。

慕瑤一怔，旋即低聲提醒道，「今生今世，不離不棄。」

「好。」她頓了頓，轉向月老像，慢慢道，「今生今世，不離不棄。」

語尾落了，慕聲卻半晌不作聲。大家都屏息等著他，室內一時之間只聽得到外面狂風折斷樹枝的聲音。

「阿聲……」慕瑤皺眉提醒。

「……」

「阿聲！」她又催了一聲。

他終於開了口，說的卻不是既定的臺詞。他的眼眸漆黑，眼角卻發紅，語氣沉鬱，帶著偏執的痴狂，「生生死死，糾纏不休。」

最後一個字吐出的瞬間，天光驟然大亮，旋即驚雷爆裂，彷彿天上神祇用一記重錘砸裂了天穹。

幾乎是同時，天像是破了個大洞，暴雨驟然傾瀉而下。

外面被濃重的水汽包圍，幾個人的驚呼被埋沒在這天地巨響中。

趁水淹進廟裡前，眾人簇擁著新人，匆匆離開月老廟。

外面的天色昏暗，雨點在淺淺一層路面積水上打出無數個細小的水渦。

淩妙妙在門檻前停下，有些躊躇地看著自己珍貴的羊皮鞋子。旋即腰被慕聲攬住，身子猛地一輕，他將妙妙打橫抱起，義無反顧地踩進了滿地積水中。

緋紅柔軟的裙子在他手裡疊成一堆，長長的後襬垂在他腳邊一晃一晃，阿意艱難地給這對新人撐著傘，踉踉蹌蹌地跟著慕聲的步伐走。

少年微掀眼皮，黑眸也被水氣浸得有些溼漉漉的，平淡道，「給你家小姐打著就行了。」

「噢。」阿意窺探著他的神色，將傘一傾。

慕聲掀開轎簾，將妙妙塞了進去，彎下的背浸溼了一片，顯出更深的顏色。

客房內的蠟燭比平時多了一倍，案頭、床頭乃至牆角，都是成排的紅色喜燭，室內點點光明暈染成一片，幾乎讓人有些眩暈。

帳子換成了旖旎的紅色，淩妙妙乖乖地坐在床上一動也不動。裙襬誇張地鋪到地面，更顯得她像是巨大花瓣中的小小花蕊。

這場雨，她一點也沒沾溼。

慕聲換下溼衣服才回到屋內，揮袖斬滅了沿路的半數蠟燭。

房裡一下子昏暗下來，唯有環繞著新娘的一圈蠟燭是亮的，昏黃的光照射著暗紅的緞面，泛出暖洋洋的光澤。

他的手指掀開蓋頭，露出少女帶著紅妝的臉。

唇上的顏色有些褪去，咄咄逼人的豔麗感消失了。妙妙的雙眸明亮，眼尾和臉頰俱是醉人的緋紅色，花鈿之上墜著一串燦然生輝的珠飾，像朵嬌嫩的桃花成了精。

少年長久地望著她的臉，許久，眼底浮現出冰涼而滿足的笑意，「妳知道這一天，我等了多久嗎？」

他旋身慢慢坐在她身旁，牽起她的手放在唇邊親吻，幾乎是在懇求，「妙妙，叫我一聲好不好。」

她看著慕聲，偏偏保持沉默，像木頭人似的。

慕聲等不到回應，暗嘆一聲，眸中黑得深沉，望著她的目光迷離而複雜。

半晌，他垂下睫毛，慢慢解開妙妙大氅的繫帶。緋色的寬袖從她背後落下，裡面還穿著一件杏色的小襖。

他的動作頓了頓，嘴角微翹，似是嘲諷，自言自語道，「倒還記得不能凍著。」

凌妙妙袖子上還掛著脫下去的大氅，低頭看著自己的小襖，沒有任何動作。

他接著解開她小襖的盤扣，將襖子也從肩頭脫下，再往裡便是純白的真絲襦裙，兩肩點綴地繡了兩朵精緻小巧的銀線菊花。

凌妙妙最不喜歡穿厚重的中衣，出門在外一年四季都在最裡面穿夏天的襦裙，不知是哪裡學來的毛病。江南女兒家的襦裙，上襦總是很薄，幾乎是半透出白皙的肩膀和手臂。

「我這樣……妳也不怕嗎？」他捏起她的下頷，與她對視。

少女的神色懨懨，因為穿得太薄，驟然打了個寒顫，頭面上的墜珠左右搖擺起來。

他似乎是再也按捺不住了，手臂一圈，將人狠狠壓進懷裡，右手掀起她頭面那串精緻的垂珠，低眉吻在她額頭嬌豔的花鈿上。

這個吻停留的時間極長，久到嘴唇從滾燙變得冰涼，淩妙妙都懷疑他要貼著自己的額頭睡著了。

旋即，他鬆開手，拉開被子將她塞進去，抬手揮滅了所有的蠟燭。

屋內僅剩月光，他將自己攏在黑暗中。

淩妙妙已經衣冠不整地躺下了。慕聲依然保持著坐姿，這個姿勢相當緊繃，和他往常靠在樹下睜著眼睛睡覺時毫無差別，他一動也不動，似乎被寒霜似的月光凍結成冰。

窗外雷雨交加，驟雨拍打著窗，吱呀作響。

他仰頭注視著昏紅的帳頂，迷惘地等待著天亮。

這摻了毒的甜蜜，果真只有七天。七天實在太短，一眨眼就過去了。

天亮以後，會是決裂，還是怨懟？

所有一切，他願照單全收，這是他欠她的。

只是若要放手，絕無可能。

細細的手指向上試探著摸，摸上慕聲的腿，像是蟲子在爬，半晌她的下巴便枕了上來。他就像是坐著被凍僵的人，驟然有了一點知覺。

女孩在黑暗裡眨著眼，聲音很脆，「你還不睡覺？」

他驟然低頭，淩妙妙也坐起來和他對視。月色下，她眼中清清明明，毫不掩飾地閃爍著譏笑的光。

「妙妙……」少年的眸子有一瞬間的呆滯，伸手去摸她的臉。她偏頭避開，眸光像銳利的劍。

慕聲驟然僵住，感到從頭到腳被冰水澆透。提前醒了嗎？還是……

妙妙冷笑一聲，打量他半晌，笑容裡懷揣著巨大的嘲諷，「你這麼喜歡聽我說『我喜歡子期』，我就多說幾遍給你聽聽？」

他的臉色驟然蒼白，兩丸瞳仁漆黑潤澤，整個人像是一戳就破的肥皂泡泡。

她……早就醒了。

這些日子的羞辱，控制，圈禁，都是當著她的面。他所有的卑鄙，不堪，低劣，都徹底暴露在她的眼前……

他的手指開始抑制不住地微微發抖。

這個瞬間，原有的局勢翻天覆地地翻盤。他在居於頹勢的情況下，再次一敗塗地。

淩妙妙見他彷彿凝固成了張相片，眸子裡戾氣褪盡，溼漉漉的黑眼珠裡滿是驚慌，脆弱得像個紙片人，儘管憋了七天的氣，也不忍心再譏諷下去了。

她把掛在手臂上的大氅和襖子徹底脫下，扔到一邊，飛快地鑽進溫暖的被子裡。

沒有……沒有怕他……慕聲終於在千頭萬緒中勉強拉回神智。他僵坐著，一陣戰慄的喜悅爬上心頭，纖長的睫毛顫了顫，像是不敢確定，「那妳……還願意和我成婚……」

「別想太多了。」妙妙打斷。她將沉重的頭面卸下擺在一旁，枕著披散下來的頭髮，扭頭朝著他，眼睛亮閃閃的，「等你死了，我就去嫁給柳大哥。」

彷彿被迎面澆了一盆冷水，少年的臉色變了又變，身子都在微微發顫。

「所以啊，」她的睫毛微微顫動，有些睏倦地閉上眼，語調清脆，竟然辯不出到底是反諷還是認真叮囑，「你最好愛惜性命些，別死了。」

慕聲的腦子徹底亂成一團漿糊。

「還有，明天開始你睡地上。」

他沉默了數秒，漆黑雙眸一眨也不眨地盯著她粉嫩的臉，終於從混亂中抽出了關鍵字，「今天呢？」

她不自殺，不出走，不休夫，甚至不吵不鬧，就已經將他好不容易建立起來的防禦徹底摧毀了。絕處逢生的慶幸，宛如溺水之人驟然吸進肺裡的一大口空氣，顧不得辨別是不是海市蜃樓。

凌妙妙哼了一聲，翻過身背對他，柔軟的長髮鋪在床上。她有些睏了，聲音輕輕的，「今天就算了，將就一晚。」

慕聲拉開被子，緘默無聲地躺下，靠近她身邊的時候，心跳竟然紊亂起來。

她白皙的脖頸近在咫尺，他悄悄牽起鋪在床上的一縷頭髮，在手中暗自摩挲，又放在鼻尖輕嗅，眸光微有迷離，她身上的梔子花香籠罩了整個帳子。

他終於冷靜下來，腦子涼了，心裡卻在無聲沸騰。

鮮活的、真實的她。令他……心神不屬，又怯懦接近。

太陽當空。

凌妙妙坐在妝臺前的時候，依然克制不住地打哈欠。

新婚之夜，黑蓮花在她背後沉默地玩了一整夜她的頭髮，弄得她心裡七上八下，睡也睡不安穩。

因此當她看到慕聲在鏡子裡出現的時候，沒好氣地捧著臉看向窗外。

大樹枝葉被雨水濯洗過，青翠欲滴，茂密的樹冠就在二層窗外，彷彿一朵綠雲。

慕聲望著趴在妝臺上的少女，她的頭髮一向是紮成兩個翹起的髻，靈動嬌俏，他很少見到她梳頭前的模樣。栗色的柔軟髮絲垂下，有些落在兩頰邊，其餘垂在背上，露出白玉般的耳尖，顯得她格外乖巧柔順。

他走到她背後，拿起梳子挨住她的頭髮，凌妙妙瞬間繃緊脊背，瞪著他，「你幹嘛？」

少年抿了抿唇，黑眸中流露出一絲委屈，「梳頭。」

「我自己又不是沒手……」她從鏡中望見他瞬間低落的神態，話語戛然而止，擺了擺手，「好啦，梳吧梳吧。」

他蒼白的手握著橡木梳子，一下一下從上到下，她的髮絲被握在他的掌心，光滑柔軟，他留戀地撫弄好一會，才拿梳子沾取妝臺上擺的梳頭水。

凌妙妙阻止他的動作，從背後看得見她顫動的睫毛，「你沾太多了。」

「是嗎？」

「你看看，」凌妙妙揚了揚下巴，心疼地看著那去了半瓶的可憐梳頭水，「這一瓶都快被你用完了。」

他看著凌妙妙抓著他的手，拿手絹小心地擦去梳子上多餘的梳頭水，動作又輕又柔，沒忍住便驟然俯下身圈住她，將下巴輕輕擱在她的髮頂。

「梳頭就梳頭，這是幹嘛？」凌妙妙的動作僵住了，飛快地拿手肘頂了他一下，「起來。」

他不情願地起身，似乎意猶未盡，「好香。」

凌妙妙從鏡子裡瞪著他，「香?你先前說這味道聞多了反胃，為了不反胃，還是少聞些吧。」

少年的眸光一動，不吭聲了，抿著唇繼續梳她的長髮，臉上似乎掛著克制的委屈。

淩妙妙拿沾溼的軟布擦去額上的花鈿。因條件有限，婚禮簡陋，這朵額心花不是貼的，而是她拿筆自力更生描上去的。

「對了。」她黑白分明的眼眨了眨，專注地看著鏡子，邊擦邊道，「以後別親這個，這是朱砂，吃了中毒。」

慕聲的動作驟然一頓，低垂的睫毛顫了顫。

半晌沒聽見回答，淩妙妙抬眼，赫然發現他的耳尖通紅。

結婚對於捉妖人來說，只是人生中的一件小事。數日後，兩群人揮手作別，各往目的地而去。

太倉和無方鎮都需要南行。缺了柳拂衣的主角一行人，和淩妙妙的娘家親屬代表，就這樣有了一段共行的航路。

臨下船前，表嬸握著妙妙的手，飛快地講了一串的女德女訓、為人婦道，淩妙妙邊走神邊默默聽著，時不時配合地點一下腦袋。

「依我看呀，咱們妙妙用不著這些。」表嬸一句結語否定前文，一隻手臂親暱地攬著妙妙，遠遠地回頭看了一眼站在甲板上的慕聲，眼中滿意之色溢於言表。

暮聲黑色的袍角在狂風中飄飛，江上的霧氣籠罩他的背影。船頭的少年佇立在霧中，平白顯得有些纖細，輕得似要乘風歸去。

「妳嫁的可不是一般人，妙妙。」表嬸誇張地拍拍她的手背，「成婚以後，妳就好好玩，盡情地逛——女人嫁了人，生了孩子，便被柴米油鹽家長里短困住了。誰都不像妳一樣，比當姑娘時還要自由。」

她的語氣欽羨，眼角帶上了一點溼潤的淚光，「活得高興最重要。孩子不急著要，家也不急著定，跟著姑爺多看看外面的世界，多好。哪像我們這群人，下半輩子都在小院子裡過活。」

聽她的話，似乎將自己全部的神往都寄託在妙妙身上了。

表叔在旁聽著，撚鬚的頻率越來越高，終於忍不住酸溜溜地開了口，「喂！別胡說教壞孩子……說得好像妳嫁給我多委屈似的。」

表嬸嫌棄地瞟了他一眼，扠起腰，「你當初長得不如新姑爺三分俊，我嫁你難道不委屈嗎？」

二人嫻熟地拌起嘴來，拉拉扯扯地進了船艙。

表嬸在吵架的空隙，還抓住機會遠遠地喊，「妙妙，記得早點把姑爺帶回家給妳爹看看——」

「哎。」淩妙妙站在船艙邊，哭笑不得地抱緊懷裡的行李，招了招手，最後囑咐阿意，「回去跟爹爹說一聲，等我們從無方鎮回來，就去看他。」

阿意聽著，表情有點不捨，「知道了。」

慕聲走過來，站定在妙妙身邊，望著她，「下船了。」

大船經停無方鎮，茫茫大霧撲面而來，整座小鎮似乎是建在水上，碼頭上只見濃霧，不見人影。

經久不散的大霧和茫茫水汽，使得這裡看起來總有種半夢半醒的迷濛感。

淩妙妙看著慕聲漆黑潤澤的雙眸，瞬間明白他這樣一雙溼漉漉的眼睛是從哪來的了。

撇去父母給的基因，畢竟是一方水土養一方人。

「行李給我吧。」少年低眉望著她，伸出手，語氣裡竟然有幾分溫軟的央求。

淩妙妙將包袱塞給他，提起裙子隨著他下了船。

他的脊背緊繃著，帶著初來陌生環境的警惕和戒備，唯有紮高的頭髮上皎潔的髮帶似乎很是放鬆，被風吹得慵懶搖擺。

淩妙妙微微嘆了口氣。

子期，你還不知道吧？這裡，其實是你的家鄉。

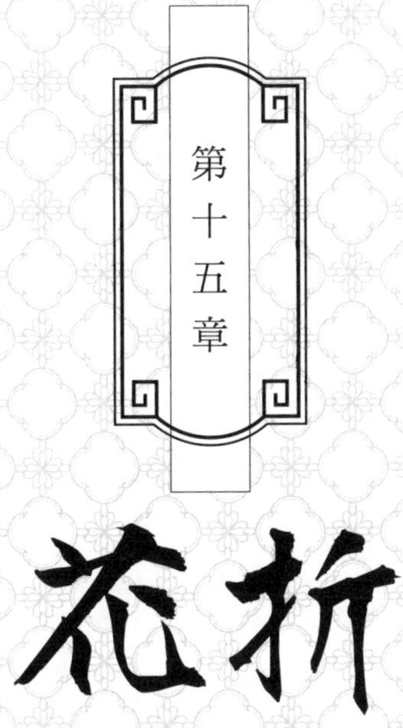

# 第十五章 花折

HEILIANHUA
GONGLYUE SHOUCE

無方鎮的秋，比別處都要涼。

白霧裡帶著刺骨的潮氣，彷彿蘊藏著無數針尖大小的冰花，挨到皮膚便立即化開。

眼前的渠塘是宛江的一條細小支流，兩岸長滿叢生的香蒲，高過人的膝蓋，像是大地茂密而乾枯的毛髮。

主角一行人趕路一向愛抄近道，往叢林、荒地裡鑽。眼前的水塘連座像樣的石板橋也沒有，只有幾塊尖銳的石頭裸露著頂部。

「阿聲，」慕瑤回頭一望，眼中有淡淡的詫異，「這……不是暗河。」

這只是一條……普通的、淺淺的，沒有任何危險性的小水塘。

慕聲背上背著半睡半醒的少女，頭也不抬地邁進水裡，「她走不了。」

慕瑤一時啞然。

淩妙妙摟著他的脖子，眼睛都快閉上了。他願意背，她也懶得沾溼裙角，隨他去了。懸著的腿晃了晃，她忽然傾過身子，慕聲微微側頭，從她的角度，看得到他睫毛的弧度。

「怎麼了？」

「我的鞋……」她抬了一下右腳，隱約露出裙襬下纖細的腳踝，「要掉了。」

她晃了晃腳踝，想要他幫忙勾一下。慕聲頓了頓，反手飛快地將她的兩隻鞋子脫下，並成一雙順手揣進懷裡，「掉不了。」

凌妙妙羞恥地將一雙赤足蜷起藏在裙子裡，不想再理他了。

他的手卻再次向下，握住她的右腳踝摩挲了兩下，眸子烏黑，「冷嗎？」

「不冷。」她腳一縮，氣急敗壞地掙開，還在他沒來得及收回的手上踩了一腳。

少年驟然被她踩了一腳，睫毛一顫，默然撈住她的膝彎，乖乖地不再言語了。

一安靜下來，凌妙妙立刻犯睏了。

察覺到背上的少女呼吸漸平，暖融融的身子軟綿綿的，摟著他脖頸的手有越來越鬆的趨勢，慕聲收緊手臂，喚了她一聲，「別睡，要掉下去了。」

凌妙妙驟然驚醒，下意識摟緊他。她睜不開眼睛，在他的鎖骨拍了兩下，不耐煩地嘟囔起來，「不會掉下去，不是有你托著嗎？」

慕聲從一堆石頭上踏過，袍角已經浸在水中。她石榴紅的鮮豔裙襬揉著，像一捧柔軟花瓣，緊緊壓在他的袖口下。

少年一面走，一面望著流淌的溪水出神。他想，自己可能是瘋了，連這隨口的一句話，也覺得幸福到眩暈。

慕瑤早就過了河，耐心地站在岸邊等著慕聲慢吞吞地過來。他將妙妙背過河，輕手輕腳地放她下來，由背著改為抱著，逕自抱到一棵樹冠碩大的榕樹樹蔭下，平穩地坐了下來。

少年抬眸，黑潤的眼珠望著慕瑤，「阿姐，休息一會吧。」這商量的句式，用的卻是平淡而決斷的語氣。

「好。」慕瑤神色複雜地坐在一旁，看著他低下頭，無比耐心地幫妙妙穿上鞋，旁若無人地玩弄起懷裡少女鬢邊的頭髮。

等到淩妙妙從夢中驚醒，睜眼看到的便是滿天絢爛的晚霞，一行大雁凝成小小的點往南飛去。泛著水光的杏子眼呆滯地望著天，旋即轉了轉，看到了天際沉滯的暮色。

她發覺自己躺在慕聲懷裡，他的手指還在有一搭沒一搭地繞著她的頭髮，絲絲縷縷的癢。

後背因為長時間保持同個姿勢而隱隱作痛。她還有些混沌，明明記得出門時還是烈日當空……

妙妙驟然坐起身來，滿臉通紅，又驚又懼，「我……我睡到晚上了？」

黑蓮花竟然任她睡著，沒有叫醒她。

一回頭，便看到慕瑤靠在不遠處的樹下，一動也不動、生無可戀地看著他們，似乎等成了一座望夫石。

為她一個人，居然延誤了主角一行人查案的進度。淩妙妙心中的自責頓時氾濫成河，「對不起、對不起，都怪我……」

「沒關係。」慕聲滿不在意地應道，伸出手十分認真地幫她正了正頭上睡歪的髮釵。

「誰在跟你說話了！」淩妙妙拍開他的手，手腳並用地爬起來，沮喪極了，「慕姐姐，是我不好……」

「沒事的。」慕瑤無奈地笑了笑，語氣溫和憐惜，「妙妙這幾天也累了……睏了就多歇歇，晚點走也是一樣的。」

走到無方鎮城內的時候已近遲暮，街邊的燈籠逐次點亮。

慕瑤攔住匆匆歸家的行人，「您知道『花折』在哪裡嗎？」

那人驀地笑了，似乎聽見了什麼笑話，「瞧見這些燈籠了嗎？」他伸手指指道旁酒肆璀璨的燈火，說話還帶著南部特有的口音，「順著這些亮光走下去，自然就能找到了。」

「是嗎？」慕瑤回頭望著街道，似乎有些半信半疑。

那人譏誚地一笑，不太滿意她的表情，「鎮上的人可能不曉得皇城在哪裡，但酒樓酒肆肯定是找得到的。」

三人謝過他，拔腿朝著大街深處走去。

無方鎮是個小鎮，總共也沒有多少人，連碼頭都顯得格外蕭索，卻有一整條街的餐館酒肆，燈火粲然，夜夜笙歌。這座城隱在迷霧中，自顧自地醉生夢死。

沿著兩旁燈籠一路前行，慕瑤忽然駐足，指著頭頂的匾額，「到了。」

凌妙妙抬頭一瞧，果然見到破舊的牌匾上斑斑駁駁的兩個扁扁的隸書字體「花折」。大門敞著，連個迎客的人都沒有，卻時不時有三三兩兩的顧客相互簇擁著進去，顯見生意不錯。

花折的樓有三層，比兩旁的建築大了一圈。從尚未毀壞的雕欄玉柱，依稀可見舊時如何富麗堂皇，只是有點——太破敗了。

大門和匾額上的漆面剝落，金屬生了鏽；門口兩根石柱上雕刻的獅子，頭頂長滿了青苔，看起來長年未加修葺；連懸著的紅燈籠，看起來都比旁邊的店家昏暗一些，像是坐落在新街上的前朝古董。

慕瑤與妙妙對視一眼，面色隱隱凝重，「進去吧。」

柳拂衣選的地方果然不同凡響。沿著蜿蜒的主廊進入，南北天井投下淒清的夜色，廊上燈燭熒煌，閃閃滅滅，一直延伸到遠方。慕聲的眉頭微微一蹙。

主廊側邊本應有無數人影晃動，衣香鬢影，輕歌曼舞，光華流轉。可是再瞧，只有寂寂夜色，冷落門庭。

「怎麼了？」妙妙望著他的臉色。

「沒事。」他收回目光，望著她的眸光裡倒映著昏黃燭火，顯得格外柔軟。

妙妙一頓，也放低了聲音，「不舒服要說啊。」

他的眸光動了動，半晌，看著她點點頭。

這一路上的景緻幽靜淒清，看起來像是酒肆資金不足、倒閉前的慘狀，一直到大廳裡，淩妙妙的印象才有所改觀——

酒肆中坐滿了人，喧鬧嘈雜，觥籌交錯。一股熱鬧的人氣混雜著酒菜香氣撲面而來，霎時沖淡了進來之前的破敗淒清。

大廳裡的桌椅已經加到飽和狀態，人從桌子間通過，都要側著身走，食客們轉個身，隨時都有可能擦到另一桌人的後背。

小二只有一個，兩手都端了托盤，恨不得頭上再頂一個。在這迷宮般的大廳內飛快地繞來繞去，大概是應付著太多人，臉上連笑影也沒了，滿臉的不耐煩。

「李兄，這座酒樓好是好，名字裡怎帶了個『折』字，不好聽。」身後一桌有兩人對酌著，需要大聲說話，才能讓對方聽得清楚。

「你有所不知，此樓原本是無方鎮最大的秦樓楚館『花折』。取的是『有花堪折直須折，今宵有酒今宵醉』的含義……多少王公貴族從京城遠道而來，就為了花折腰。」對首的公子也艱難地扯著嗓子喊，「你以為大家都是為了什麼來，乃是為了看看這一『折』的風采！」

「這樓裡可還有姑娘？」那人身子前傾，顯然有了興趣。

對首的解答者晃了晃筷子，頭也不抬，「沒了，早沒了。這裡換了四五任老闆，早就不是妓館了。」

「噢……」他有些失望地啜了一口酒。

「不過，還有保留下一個節目。」公子笑吟吟地賣了個關子，「我先不說破，一會你便知道了。」

現場已經亂成一片，滿大廳的人吃得如火如荼。主角一行人見小二來不及伺候，便自行找了空桌坐下來，自己倒了茶。慕瑤拿起桌上的菜譜，遞給妙妙。

妙妙看著密密麻麻的一板蠅頭小字，頭一陣發昏，將菜譜塞給慕聲，「你點。」

慕聲頓了頓，垂下纖長的睫毛，「妳想吃什麼？」

她一時半刻想不出來，他已經非常貼心地低聲念起來，「鹹水鴨，素什錦，桂花拉糕，冰鎮酒釀，赤豆元宵……」

「這個吧。」她喊停。

他停下，「哪個？」

「赤豆元宵。」

「嗯。」他點點頭，將菜譜合起來，遞給慕瑤。

淩妙妙攔住他的手，黑白分明的杏子眼望著他，「你不點？」

慕聲微微一頓，「不用了。」

妙妙的眼睛眨了眨，「沒有喜歡吃的嗎？」

他的黑眸瀲灩，水光之下略有些茫然。

「那我再點一個。」淩妙妙瞧他這模樣，毫不客氣地奪過菜譜，裝模作樣地掃了一眼，「杏雲糕。」說完，斜睨著他，認真觀察他的反應。

甜的。回憶碎片裡，蓉姨娘端了一盤給他，說那是他兒時很喜歡吃的東西。

慕聲聞言，眼裡未起波瀾，只是有些疑惑，「我剛才沒念杏雲糕。」

淩妙妙的裝模作樣被拆穿，滿臉通紅地將菜譜塞給他，清脆道，「就是很想吃，那你找找上面有沒有。」

慕聲低眉，一目十行地看下去，竟然真在一排糕點中找到這三個字。「杏」字上頭還有個圓圓的點，想必是推薦的意思。少年的眸中閃過一絲微不可察的笑意——她倒是會吃，他的指尖停在那個圓點上，「有。」

「那就點。」

慕瑤忽然發出一陣驚呼。妙妙抬起頭，席上赫然多出了一身黑的柳拂衣，似乎是風塵僕僕地趕來，渴得連喝下三杯茶水，才緩過來。

他喝完，才顧得上譴責地看著慕聲，「阿聲，我給你燒了一路的通訊符，你怎麼理也不理？追得我腿都快跑斷了。」

「阿聲？」慕瑤驚異地扭頭去看慕聲。少年眼睫半垂，充耳不聞，眼尾的弧度在燈下清冷又嫵媚，隱隱帶著一絲譏誚。

凌妙妙卻很興奮，「柳大哥，你和慕姐姐是不是明天就要成婚了？」

「啊？」柳拂衣一口茶水差點嗆在喉嚨裡。

慕瑤的目光又轉向凌妙妙，兩人面面相覷，俱是滿臉震驚。

忽然從背後傳來了清脆的梆子聲，旋即大廳裡像是被按下了靜音鍵，瞬間安靜下來。一個紅鼻頭的老頭穿著彩色布片綴成的破袍子，花裡胡哨地站在大廳中央，一手敲梆子，一手捋著花白的鬍子，「各位，又見面了。」

眾人飯也不吃了，放下碗筷鼓起掌來，歡聲雷動。

他笑咪咪地微一頷首，朝四方致意，「今天，我們來講無方鎮慕容氏與趙家公子的故事。」

語尾未落，大廳裡竟然響起如潮的掌聲和口哨聲，活像是大明星開嗓。

身後那一桌對酌的公子壓低聲音，語氣裡帶著得意的笑，「瞧見了嗎，這就是那保留節目。」

「這慕容氏，是什麼花呀？」有人橫出一聲打斷。

老頭搖搖頭，「慕容氏不是『花』，甚至連名字都沒有刻在牌子上——這名諱也不知真假。」

大廳裡一陣低低的騷動，似乎是很不滿地喝起倒彩，那個發問的人再次提高聲調，「那講她做什麼？上次玉蘭花蕪香戲兩男的故事精彩，何不接著講？」座下人紛紛應和。

慕瑤的臉色漲紅，左右看了看，果真發現四周坐的大多是年輕男子，臉上的表情更加困窘。

身後那桌還在滔滔不絕地說明，「這老頭每日在此講一小段故事，供在座食客消遣，都是從前花折發生的事。」他的尾音帶上一點輕浮之意。

「從前？」

「就是當花折還是妓館時的故事。每個姑娘在花名之外還有一個雅號，那人說的『小玉蘭』便是蕪香姑娘的別稱。傳說花折掛牌上有九九八十一朵花，琳琅滿目，各有風姿……這老頭，已經講到四十九朵花了。」

對首那人笑了，「果然來這裡吃飯，便是為了順道聽聽這香豔故事。」

公子啜一口酒，感嘆，「香豔，但不俗氣，精彩得很。」

淩妙妙仰頭打量大廳裝潢，二樓還留有未撤去的紗簾珠簾，細節裡保留了些明豔的粉氣。透過老舊的木樓梯，彷彿能想像當初女子們扭著細腰、拿著手絹款款移步上二樓的情景。

「諸位聽我說。」老頭伸手安撫不滿的食客，「你們肯定是想，這慕容氏必定貌若無鹽，才不能上木牌、冠以花名，對吧？

「事實恰好相反。慕容氏冰肌玉骨、天人之姿，花折的老闆榴娘，想不出哪一種花襯得上她，只好將她藏在三樓的東暖閣裡，做匣中珠玉。非王公貴族點名相見，絕不出來拋頭露面。」

「喔——」底下的人立即便被鎮住了。

自古以來，美人越是神祕高傲，越是引人注目。

老頭滿意地掃視一圈，接著道，「故事要從趙公子落腳無方鎮開始講起。趙公子其人，是何方神聖？高門大戶的公子爺，身分尊貴，相貌更是萬里挑一，從十幾歲起，便被各色貴女競相纏繞，不勝煩擾。因而脾氣極傲，對向他示好的女子，幾乎不以正眼看待。」

三言兩語，引得座下人入了境，興致勃勃地聽著。

「這一年，趙公子推拒了兩三門婚事，又拒絕了數十次表白，心裡煩得很，便藉口辦事，跑到無方鎮來散心。咱們這鎮，最出名的豈非吃喝玩樂？酒肆成排，通宵燈火通明，最讓遊子樂不思蜀，流連忘返。

「那一年，上元節裡非但有燈會，還有煙花盛典。趙公子想看煙火，但又不想擠人，便觀察一番，看上了城南一座人跡罕至的小山——攀上山頂，既能俯瞰城鎮，又能仰望天穹，實在是個妙處。

「於是入夜時分，趙公子便獨自上山。山中只有條廢棄多年的小路，路很陡，草又荒得很，到處都是蟲子。他滿頭大汗、衣冠狼狽，走了一個時辰，才攀了三分之一，不由得有些洩氣。

「忽然聞到一陣香風，抬頭一瞥，前面有道白色影子，竟是個窈窕姑娘，獨行上山。那著素衣的背影如履平地，走得很快，似乎不受山路所擾。嫋嫋細腰不盈一握，衣袂飄飄，既無汗漬，也沒有沾染塵土，恍若天上仙子。

「趙公子心中好奇，便快走幾步趕了上去。姑娘回過頭來，見了生人，十分吃驚。她面上綴著一塊白色面紗，遮住大半張臉，但光看露出的那雙眼睛——真當得起眸似秋水。眼波流轉，卻不是一般的水，簡直是西子湖的瀲灩山水，明明不諳風情，卻一眼就酥到人心裡。」

「啊……」臺下低低一陣吸氣聲。

老頭眼中露出一閃而過的得意，接著講，「趙公子愣了一愣，旋即壓下心中的震驚，解釋道，『在下唐突，請問姑娘何故一人上山？』

「那仙女一般的姑娘，眼中竟然露出無措的情緒，似乎是害怕此行不被准許似的。她開了口，那聲音如絲綢掃沙，聽得人心頭震顫——她小心地輕聲答，『我來看煙花的。』」

「哈——」眾人心頭有了底，天下姻緣，正是無巧不成書。

趁著這個停頓的空隙，慕瑤低頭，悄悄地問了柳拂衣一句，「你是怎麼跟殿下說的？」

酒樓裡燒著炭火，熱氣薰蒸酒氣，柳拂衣擦了擦汗，臉上有些赧然之色，「得了帝姬的命令，遁逃出來的。」

鳳陽宮外重兵把守，盔甲折射出冷光，人人嚴陣以待。

「帝姬殿下，駙馬跑了。」佩雲快步走到妝臺前，鏡中倒映出她臉上的凌厲之色。

端陽正在悉心描眉。這次大病一場，她的臉有些發黃，正企圖用妝遮掩病容，聞言手上一顫，螺子黛便斷了。

她挑起畫了一半的眉毛，連臉上的嬌縱都有些有氣無力，「大驚小怪的——還以為是什麼事呢。」

「殿下，您就這樣把駙馬放走了？」佩雲瞪大眼睛，抓住她的手臂。由於太過用力，指甲掐進了她的皮膚裡。

少女驚叫一聲，急忙推開她，「大膽，妳弄疼我了！」

佩雲倒退幾步看著她，默不作聲，淺色瞳孔中浮現一絲冷意。

「柳大哥的心從不在我這，強留也沒什麼意思，顯得我端陽小氣。」端陽揭開衣袖，小心地吹了吹被掐紅的皮膚。

她本想喝斥佩雲幾句，身上又一陣無力，她扶著額頭趴在妝臺上，抱怨道，「本宮已經好了，不會咬人也不會亂跑，讓皇兄把外面的人撤走吧，這麼多侍衛，看得心煩。」

佩雲一動也不動，只是看著她，冷冰冰道，「殿下，您怎麼能不經奴婢同意，私自將駙馬放走？」

「妳……」帝姬抬起通紅的雙眼，終於發出了有氣無力的喝斥，「本宮是帝姬，想留就留，想放就放，還需經過妳同意嗎？」

佩雲冷哼一聲，走到妝臺前，描著端陽倒映在鏡子裡的蠟黃臉蛋，語氣中帶上一絲刻薄，「您可知道柳方士為何不喜歡您？奴才們諂媚，不敢告知真相——慕氏女之貌，遠在殿下之上。」

「胡說！」端陽打斷，氣喘連連，想把她壓在肩膀上的手撥下，但幾次都沒能成功，「本宮自視相貌姣好不輸慕瑤，柳大哥不喜歡我，不過是因為……」她很不情願地承認，「不過是因為本宮的性子不大討人喜歡罷了。」

佩雲冷笑一聲，「殿下還知道自己不討人喜歡？何止是不討人喜歡，簡直是令人作嘔！」

「妳……」端陽半趴在妝臺上，瞪大眼睛，氣得渾身顫抖，話都說不完整，「造反了，妳怎敢……」

佩雲死死按著她，銳利的目光如冷劍，「若不是您生在帝王家，大家連這一二分的好臉色也懶得給。如此飛揚跋扈、囂張惡毒，愚蠢至極的女人，也配做我華國帝姬？」

「胡言亂語……住口！」

「告訴您，非只有柳拂衣，這闔宮上下，沒有一人是真心待您。奴婢們在背地裡嘲笑您自以為是，陛下對您也只不過是歉疚使然……」

端陽的呼吸越來越急促，臉色浮現出反常的潮紅，「住口……給我住口……」

佩雲的語氣卻漸漸放柔，帶著一絲蠱惑的味道，「就連親生母親也曾經想燒死您，把您當做不值錢的柴，點一把火去鋪她親生兒子的光明大道……多可憐啊，李淞敏。」

她將氣到說不出話的帝姬頰側的亂髮別到耳後，眼中帶著嘲諷的意味，「所有的人都希望您去死……不覺得憤怒嗎？」

鏡中，端陽的瞳孔驟然放大。她和身後的佩雲同時定住，隨即齊齊顫抖了一下，佩雲像是被抽走骨頭，軟綿綿地倒了下去。

端陽卻從妝臺的桌面上坐直身子，栗色瞳孔被燦爛的陽光照射著，像是名貴的貓眼石般，有種異樣的綺麗。

帝姬開始慢悠悠地自己梳頭，對著鏡子，一根一根地插上簪子，食指點了點胭脂，慵懶地拍在唇上。

最後，她撿起那斷掉的螺子黛，不疾不徐地補全方才畫了一半的眉毛，眉尾斜飛，銳利如劍尖。

端陽身上的大氅綴以無數小珠片，繡有長尾綠孔雀，在陽光下閃爍著五顏六色的光澤。她裙襬曳地，手中提了支六角燈籠，踩著喑啞的落葉，一步步走到了林木掩映的偏宮。

「帝姬殿下……」門口的侍衛面面相覷，都有些詫異，「殿下怎麼來了？」

華國最尊貴的少女濃妝豔抹，不怒自威，她眼也不抬，語氣平平，「我想進去看看母妃。」

「可是陛下交代，不准外人探望趙太妃……」

「荒唐。」帝姬輕啟紅唇，臉色越發顯得淡漠威嚴，「我豈是外人？」

說話時她抬眼一瞥，那眼神像是風情萬種，又似冷若冰霜。語氣像是嗔怪，又像是責難，令人心頭冷不防顫了一下。

兩名侍衛對視一眼，有些忌憚地讓開了路。

端陽的眼尾是絢麗的花色，提著六角風燈，拖著長長的尾襬，緩緩地踏入禁宮。

淩妙妙往椅背上一靠，將碟子往旁邊推了推，「吃不下了。」

小碟裡的六塊杏雲糕剩下三塊，色白似雲，如同切得方方正正的純白雪塊。方才她、慕瑤和柳拂衣各嘗一塊，慕聲沒有動筷子。慕聲望著眼前的碟子，側頭看她。

「你吃了吧，別浪費。」女孩一眨也不眨地注視著碟子裡的糕點，語氣隨意，臉頰卻有些發紅。

慕聲望著那盤糕點，遲疑了片刻，妙妙已經挽起袖子小心地拎起一塊，不容置疑地擱在他的唇邊，「喏。」

少年的眸色暗了片刻，嘴唇先在她白皙的手指半吻半蹭地碰了一下，才在她羞惱地鬆手之前，張嘴飛快地咬住糕點。

淩妙妙咬牙切齒地盯著自己的手，「你這人……」

慕聲滿臉無辜地嚼著杏雲糕，眸中飛速地劃過一絲笑。

杏仁的清香襲來，甜味柔軟如雲朵散開，竟是一種有些親切熟悉的質感。像是不會走路的孩子，牙牙笑著觸摸母親手臂的溫熱感覺……

他順著那感覺走神，太陽穴猛地刺痛起來，彷彿迷路的人在林中無意間踩到了陷阱。

他閉眼定了定神，將杏雲糕吞下去。

「不好吃嗎？」凌妙妙見他臉色發白，心驟然提到喉嚨。

慕聲的黑眸望著她，半晌才道，「好吃。」

「你這種表情，我還以為糕點裡有刺。」

凌妙妙鬆一口氣，拿筷子碰碰碟子邊，杏眼裡有一點笑意，「這兩塊也是你的。」

酒足飯飽，主角一行人在街上隨意挑了一間酒樓將就一晚。

從成婚第二日起，黑蓮花就在緊挨著床的地上打地鋪，睡得乖巧安靜，毫無異議。凌妙妙和他比鄰而眠，相安無事日日酣夢，對此感到非常滿意。

第二日，她醒的時間照例比慕聲晚一刻鐘，她披頭散髮坐在床上的時候，慕聲已經把地鋪的褥子捲好靠在一旁出門去了。

目光再轉，看到床邊桌上蹲著一隻孤零零的蘋果兔子，兔子屁股朝著她的臉，看起來說不出的委屈。凌妙妙不屑地斜睨著蘋果兔子——半晌覺得有點渴，便順手拿起來啃。

正啃著，慕聲拿著梳子突然出現在眼前，黑潤的眸子乖巧地望著她，眼裡含了一點笑，「好吃嗎？」

「唔……」凌妙妙吃人嘴軟，仰頭有些尷尬地應了一聲。

他點點頭，居然拉出凳子坐下，耐心地看著她吃蘋果。梳子拎在指尖，在桌上有一搭沒一搭地敲著。

「你在幹嘛？」凌妙妙疑惑。

少年抿了抿唇，眼裡竟然同時浮現躍躍欲試和惴惴不安兩種矛盾的情緒，頓了頓才道，「我幫妳買了新的……梳頭水。」

「噢，」妙妙有些不好意思，「其實我……」

「一整瓶。」他補充。

凌妙妙心裡竟然泛出些許愧疚來。

他的手指無意識地摩挲著梳齒，似乎在無聲緩解內心的緊張，漆黑的眼裡含著一點輕微的光，「我可不可以幫妳梳頭？」

吃軟不吃硬的女孩眨了眨眼，有點被他的模樣哄住了，「你上一次可沒有這麼客氣……」

她放下蘋果，擦了擦手，配合地坐到妝臺前。凌妙妙不知道慕聲對她的頭髮到底為什麼有這麼大的興趣，只知道頭髮到了他手裡，沒玩個半小時是絕對不會放開的。

她從鏡子裡，看著少年以一種輕柔到幾乎曖昧的動作玩弄她的頭髮，如坐針氈，在他又一次試圖吻她髮絲的時候，嚴肅地提醒了一句，「子期，好好梳頭。」

慕聲的動作一頓，抬起頭，黑眸委屈地望向鏡子。見鏡中女孩柔順的髮絲中露出精靈似的耳尖，臉頰紅撲撲的，正強裝鎮定地望著他，心裡像被貓爪子猛地撓了一下。

「妙妙，」他語調平靜地建議，「以後在房間裡可不可以不挽頭髮？」

「為什麼？」淩妙妙的睫毛顫了一下，如坐針氈的感覺更強烈了，連說話都有些飄忽。

「好喜歡妳這樣……」他維持不住語氣中的平靜，輕聲說著，慢慢俯下身來吻在她的頰上。

淩妙妙心裡暗嘆一聲，沒有躲開。

算了，就讓他親一下吧。以後不能再讓他梳頭了。

她低頭，桌上擺著一瓶嶄新的梳頭水，瓶子上精緻地刻著一朵梔子花。無方鎮的胭脂水粉精巧細緻，品類繁多，就連瓶子都比其他地方精緻，是女孩子最喜歡的模樣。瓶子旁還擺了幾盒色澤鮮豔的胭脂。

慕聲不捨地放開她，撩了撩她的頭髮，見她盯著桌子看，便輕聲道，「這些也是買給妳的。」

淩妙妙拿起一盒看，有些遲疑，「我從沒用過這種紅色。」

「那便試試。」他不以為意，「我幫妳塗？」

「不用！」淩妙妙立即拒絕。瞪著鏡子，挫敗地發現折騰了半個小時，她的頭髮還是沒梳好。

主角一行人在無方鎮落腳的第二天，柳拂衣就非常貼心地找了間不算大的新宅安頓下來，做好住上十天半個月的打算。

帶了座小庭園的宅邸，比侷促的客棧舒服得多，只是宅子荒廢許久，很多家具都是新買來的，連床上的帳子都還沒來得及裝上。

一行人這幾天的日間工作，就是分頭東奔西跑，在市集將零碎的生活用品買齊。

淩妙妙要買貼身的新衣物，看攤位周圍都是女眷，便趕慕聲先回去，自己栽進夫人小姐堆裡挑挑揀揀。量完衣服看時間還早，她便在店裡轉了轉，又精心選了張新床帳，興高采烈地回到宅子。

妙妙的步伐輕快，手上這張床帳，簡直是她在這個世界見過最有質感的帳子了——深墨綠色，有點復古典雅的質感，摸起來像是鮫紗，卻遠比鮫紗柔軟。更妙的是，店主說這款布料既透光又濾光，能將陽光柔化得不那麼刺眼。

誰知，當她坐在床上，將帳子展開的一瞬間，慕聲的臉色「唰」地一下變了，「這是什麼？」

淩妙妙理著床帳的邊角，隨口道，「我新買的帳子呀。」

慕聲快步走過來，盯著她手裡的床帳，語氣有些異樣，「別……別掛這個。」

「為什麼？」淩妙妙驚異地抬頭，發現他的表情格外不對勁，像是被夾住尾巴的小動物，帶著奮力掙扎卻掙不脫的惶惑，「這帳子……怎麼了？」

他纖長的睫毛動了一下，半晌才謹慎地吐出一句話，「這個顏色不好看。」

「可是我挺喜歡的。」凌妙妙有些失落看著他，又愛不釋手地摸了摸柔軟清透的帳子，「……看多了就順眼了。」

他抿抿唇，困獸猶鬥，「我不喜歡。」

凌妙妙的心頭燃起一把火。事實上，自從成婚以來，慕聲對她幾乎百依百順，時間久了，便將她慣得有些暈頭轉向。

現在他驟然提出激烈的反對意見，她不太習慣，頓時惱了，「我自己的床，我喜歡就行，你要是看不慣，就去隔壁睡。」

少年緘口，眼睜睜看著她氣鼓鼓地將那墨綠色帳子一個角一個角地掛上床。陽光從帳頂濾下，亮光鍍在她額前柔順的髮梢上，她微抬下巴，那光點便滑動到她微張的唇上，那嘴唇看起來嬌嫩得彷彿某種糕點……

他的眸光暗沉，強灌自己一杯涼水，定了定神。

凌妙妙掛完床帳，敏捷地提起裙子跳下床，快走幾步到櫃子前，從裡頭取出幾樣物品。

「叮叮噹噹——」慕聲就像是被踩到尾巴的貓，聽到這聲音，渾身的寒毛都豎了起來。

「這又是什麼？」

凌妙妙轉身，讓他看懷裡的東西——四串鈴鐺，那樣式和聲音……夢中那香豔的場面登時席捲而來，他的額上生出一層薄汗，尾音有些顫抖，「這從哪來的？」

「哎呀，你哪來這麼多問題……」凌妙妙滿頭大汗地在床角繫上鈴鐺，綁了好幾次，絲帶都往下滑，累得她手都疫了還是沒綁緊，「在涇陽坡，我看到十娘子臥房的床上四角掛了鈴鐺，很是漂亮。十娘子見我喜歡，就送了我四串。」

「別掛這個……」他語氣裡帶了幾分央求。

凌妙妙哭笑不得，「這鈴鐺又怎麼礙著你了？」

「晚上會響，吵人睡覺。」他漆黑的眼眸盯著她，錯覺間有點楚楚可憐的味道。

「噢，怕吵……」凌妙妙抿了抿唇，真誠地保證，「我睡覺很安分，不會響的，吵不到你。」

「可是……」

鈴鐺串又往下落，她挫敗地縮回手臂，用力敲了敲，「掛不上……」想起了什麼，回頭道，「子期，你能不能幫我掛一下這個？」

慕聲站在桌邊，面色茫然地喝著第三杯冷水，見女孩滿眼希冀地盯著自己，渾渾噩噩地走了過去。

好在她將鈴鐺遞過來後，便提起裙子下了床，只是站在旁邊看。

他跪坐在床上，手心出了一層薄汗，將鈴鐺牢牢繫在床角。他稍稍一動，那鈴鐺便響，帳子裡的光暈便晃，弄得他手足無措，六神無主。

答應她，就是自虐。他正萬分艱難地掛著，猛然床一沉，低頭猝不及防看見妙妙的臉。

她和衣躺了上來，領口微開，露出一點細嫩白皙的肌膚，正眨著一雙杏眼，無辜地仰視著他。

「妳……妳這是……」他的喉頭一陣發緊。

「我躺上來感受一下。」淩妙妙躺在新帳子下，滿心歡喜。左邊滾兩下，右邊滾兩下，越看越喜歡，無意中一抬頭，見他黑漆漆的眼盯著她不動，奇怪地笑道，「你掛你的，管我幹嘛？」

她又換了個位置，他的膝蓋無意間頂住她柔軟的腰肢，那一塊熱源，似乎從膝蓋敏銳地傳遍全身。

他手抖得越來越厲害，只覺得床上似乎躺著一團火，燒得他像是被烘烤得出現數道裂紋的陶罐，就快……就快……

他低眸一望，心裡一片絕望，無聲地拉了拉衣襬，「妳可不可以……先下去……」

凌妙妙發覺他的身子在微微顫抖，再一抬頭，他的臉上浮現出一點潮紅。

大概是她躺在這裡，礙了慕聲的事，才讓他掛得這麼吃力。

她一把爬起來，提著裙子退到一旁，「好。」望著他熱得臉都紅了，有些歉意，「你慢慢掛，別急。」

他的睫毛顫抖著，像是沒聽到她的話，動作飛快地掛完四個角，撐了一下床便奪門而出，掀起一陣冷風。

「咦？」凌妙妙疑惑地望著慕聲的背影。

深夜。

凌妙妙正如她保證的那樣，安分守己地睡覺。她睡得四平八穩，一動也不動，靜謐地沒有發出半點聲音。

慕聲睡不著。怎麼可能睡得著？

他無聲地在地鋪上坐起身，悄無聲息地將圍攏的帳子掀開一個角。女孩平躺著睡，一手放在腹部，隨呼吸起伏，另一手隨意地搭在床畔。

他坐在床邊，小心翼翼牽過妙妙的手，輕柔地吻她的手背。

她的手指微微一動，他便立即僵住了。隨即她的手又動了，慢慢撫上他的臉，又向上移動到他的額頭。他在黑暗中心怦怦地跳，一動也不動地感受她的觸摸。

「怎麼還沒睡呀？」妙妙睡得迷迷糊糊，尾音裡帶著誘人的柔軟，顯得毫不張牙舞爪。

她冰涼的手指在他的額頭上停留了一會，溫聲道，「是不是太冷了？要不上來睡吧，你的被子薄。」她半夢半醒中囑咐，甜甜的聲音有點啞，異常親切動人。

「還是不要了。」少年的黑眸在夜裡閃著光，艱難地拒絕。

「那就算了，好好睡。」她翻過身，接著睡去。

背後卻一陣窸窸窣窣，旋即鈴鐺叮噹作響。

他還是爬了上來。非但爬上來，還將手試探似地搭在她的腰上，輕輕一攬，將人一點一點拉進了懷裡。

凌妙妙沒有掙扎，她睏得眼皮都睜不開了，只是嘟囔道，「別亂動。」

慕聲低頭，她倒是把臺詞先搶了。懷裡的人呼吸平穩，睡得一派安詳，毫無戒備地依在他的懷裡。

他沸騰的熱血也慢慢平息下來，抱著那暖融融的一團，嘴唇小心地碰了碰她溫熱的臉頰。

凌妙妙睜眼，眼前是穿著整整齊齊、繡有麒麟花紋衣服的慕聲，她的鼻尖快要貼到他的衣服上了。

他身上是清爽的涼，連淡淡的薰香也帶著沁寒的冷香，即便手圈在她的腰上，也沒有讓她覺得被壓迫的難受。靠著他就像靠著上好的綢緞床簾，有種奇怪而尊貴、簡單又奢靡的舒適。

慕聲覺察她醒了，慢慢靠近。吻從她的額頭小心地落下，試探著下移，最後印在她紅潤的嘴唇上。她的睫毛顫了顫，身子動了一下卻沒有掙扎，甚至抬起下巴，方便他親。

他心裡即刻有了底——妙妙剛睡醒時，是她最乖、最沒脾氣的時候。手臂收緊了些，吻得安靜而小心，凌妙妙的心裡微微一動。

眼前這人表裡不一，劍走偏鋒，從頭到尾一絲不苟地踐行「不是好人」的人設。冷酷、暴戾、囂張的模樣妙妙都見過，可是在她面前，竟然意外的……純情。

她從未見過有人親吻的時候，是這樣小心地用嘴唇貼著蹭的。

她的手繞過他的背後，摸了摸那一頭黑亮的長髮，髮絲摸起來也是涼的，像是覆蓋了一層寒霜，彷彿礦物一般。

少年驟然停下，緊張地抓住她的手腕，「這個不能亂碰。」

她斜睨著他睡覺時依然紮著的白色髮帶，「你那玩意，對我沒用。」

「那也不行。」他抓著她的手，強硬地壓到身側。

見女孩黑白分明的眼裡還是毫無畏懼，他便摸了摸她的眼皮，沉下臉，半是恐嚇半是引誘，「難道妳還想做我的『娃娃』？」

這回嚇唬到她了。妙妙輕輕拍打他的手背，毫不留情地在他的懷裡掙扎起來，「起床。」

花廳敞亮，是主角一行人日常集合討論案情的地方。

對於柳拂衣審時度勢的逃遁，除了慕聲毫不客氣地予以嘲笑以外，大家都表示理解。

陽光透過花窗，在慕瑤的髮上落下一塊光斑，「帝姬的瘋，是否另有隱情？」

「是。」柳拂衣沉默片刻，神情凝重，「有人企圖蠱惑帝姬，但沒能如願。興善寺事件過後，陛下遣皇宮裡的方士鑽研數日，為帝姬做了一道護身符，專辟妖邪。妖物想要侵入帝姬的意識，卻被這道符阻擋，兩相拉鋸，產生了意想不到的後果——帝姬的精神失控，看起來就像瘋了一樣。」

慕瑤問，「那人是誰？」

柳拂衣斂袖喝茶，嘆了一口氣，「宮城之內幾無妖氣，很難辨別。我甫入宮城，就被死死看住，只能跟帝姬待在一處，不能與其他人多做接觸。走到哪都有四五個侍衛跟著，實在無法脫身。

「那一天我藉著陪帝姬出宮散心的機會，喬裝變身，才得以脫身片刻。本想到你們所在的客棧遞個信……」他慶幸地笑了笑，「沒想到在街上恰巧碰見妙妙。」

只是這女孩不知其中利害，當街大喊他的名字，他只得扔下信遁逃。

淩妙妙一點也不覺得幸運，涼涼地看了慕聲一眼——就是為了接這信，她被人按在樹上威脅利誘了一番，真是大義凜然，無私奉獻。

她抿了抿唇，「那柳大哥是如何找到『花折』的？」

無方鎮的酒樓很多，花折並不是最起眼的一座，但從那個說書老頭出現的瞬間，便意味著這裡成了解開一切祕密的關鍵之處。

柳拂衣解釋，「帝姬身上的妖術，老一輩給它起了個名字，叫『同心蠱』。同心蠱並非蠱，不過是使受控制的人被那妖物驅使的惑心之術罷了。稱之『同心』，是因為受蠱人被妖物的心念所控，因此有時會出現混亂，感知到妖物的記憶。

「我在帝姬床榻邊，曾聽見她在夢魘中叨念過幾句反常的話。第一句是『榴娘，求妳。』」

「榴娘？」慕瑤思忖，回憶起前一天聽到的故事，想起這有些耳熟的名字的出處，「是『花折』的老闆娘？」

柳拂衣頷首，表情變得相當嚴肅，接著道，「第二句是『花折，這樣才算乾淨。』」

未說完的故事繼續，花折的大廳中梆子聲敲響，老頭揮舞著手臂，袖子上雞毛一般的彩色布片上下飛舞。

「午夜，滿城的煙火盛放，火樹銀花合，星橋鐵鎖開。趙公子如願以償地看到了煙花，可是心卻不在那煙花上了。

「立在他身旁的姑娘，仰頭好奇地看著滿天的光華璀璨，似乎沉醉於其中。姹紫嫣紅開遍，朵朵都在她眸中」。

座下鴉雀無聲，人人懸著筷子，彷彿看到了山上那絕世佳人的眼眸。

「難道趙公子這就動了心？」老頭笑著搖頭，「開始的時候便說了，趙公子性子內斂，為人倨傲，不是那等輕浮浪蕩之子。看完煙花，他與那姑娘真的一前一後，一路無言，做了萍水相逢的陌生人。

「只是這個姑娘，和從前見過的都大不相同——他見慣旁人的驚豔或嬌羞之態，驟然遇見個對他毫無反應的，反倒覺得自在極了。他喜歡與她攀談，何況在此良宵，兩個人同時想登上這座山看煙花，多麼巧！

「趙公子一路走，一路惦記身後的那個人，猶豫要不要回頭向她搭話。他走了神，沒留意腳下踩空，就這樣倒楣地跌進石洞裡，碰傷了額頭。

「趙家公子高門大戶，出入城門都是七香車拉的，何曾有過這種狼狽的時候？他心裡正懊惱的時候，倏忽一陣香風，一道白影輕盈地落下，他抬頭一瞧，怔住了。那姑娘竟跟著他跳下來，毫不猶豫地伸出一雙柔荑來拉他起來。」

臺下聽眾一陣騷動，低低的笑聲混雜著竊竊私語。

孤男寡女，深夜被困在一起，真是不少爛俗話本的開頭。只是慕容氏一個姑娘家，有勇氣跳下洞來美救英雄，倒是使人服氣。

「趙公子和這白衣姑娘待在一起一晚，說了許多話。只知道她姓慕容，問她名諱，她又不答，只說父母喚她慕容兒，家鄉在極北之地。

「不知怎地，她說來自極北之地時，他竟很是相信——極北之地，想必是雪原了，純白無瑕的冰天雪地，才走得出這朵一塵不染的雪蓮花。

「極北之地的一座高山腳下，有個很小很小的寨子。寨子裡只有很少的居民，慕容氏就是那座寨子為數不多的女娃娃。趙公子聽著，有些明白了，深山裡來的姑娘，難怪沒看過煙花。

「按趙公子的脾氣，旁人很難投其所好。他喜歡真實，討厭矯飾，討厭到了苛刻的程度。可是眼前慕容氏的一言一行，都像是為他量身打造，他不可避免地動了心——在他過去二十年的光陰裡，頭一次主動喜歡上了一個女子。

「當風掀開面紗的時候，趙公子呆住了。他的姿容昳麗，世人誇他貌比潘安，可是當看見慕容氏的臉，他便發現自己的樣貌在她面前，才是最大的矯飾。

「美人的面孔是天工造物，一氣呵成。短一分則寡淡，多一分則妖豔，她便是那般恰到好處。更關鍵的是，她眸中天真，似未經塵世沾染，美而不自知，宛如殺人利器。」

所有人都屏住呼吸，很難在心中描繪那是種怎樣的美，只能抽象地想像。就像想像無方鎮輕柔的雲和濃郁的霧，大概也是這樣絲絲縷縷，纏纏綿綿。

凌妙妙的筷子無意識地攪著碗裡的桂花糕，將它夾成了稀碎的塊狀，看起來慘不忍睹。

「趙公子想，這個女子他要定了。一個風華絕代的公子，在帶著必勝的決心去獵取女子的時候，沒有人逃得過他的掌心。

「慕容氏的寵辱不驚並非性子高傲，正好相反，她的性子平和得很——諸位或許不信，因為她是從山寨子裡出來的，沒見識過這滾滾紅塵的紛亂。一個天真的女人第一個遇到的，便是個認準要娶她做妻子的人，又怎麼可能有翻身的機會？」

臺下一陣細細的唏噓，似乎不太滿意這樣的美人就如此簡單地被人收入囊中。

慕聲聽得不太專心，伸手將妙妙的碗拿走，又夾一整塊邊角完整的桂花糕，餵到她的嘴邊。

淩妙妙下意識咬住桂花糕，發現是慕聲，恨鐵不成鋼地在他拿著筷子的手背輕輕打了一下，「好好聽，認真聽！」

少年漆黑的眸子一閃，有些委屈地捂著手，扭頭看向那喋喋不休的老頭，拿著碗開始一點點吃起那被夾碎的桂花糕。

唇齒間甜味蔓延，他的嘴角又無聲勾起。

「這年三月，慕容氏嫁給了趙公子。趙公子為人爽快，既娶了慕容氏，自感人生圓滿，便決心不回長安，一心一意定居在無方鎮。萬貫家財終可棄，功名利祿皆可拋，他壓根不在乎。

「成婚以後，趙公子發覺這位妻子對於感情的認知有些遲鈍。人情世故，她多半都不懂，是他一件件慢慢教導的，像是給一幅未畫完的美人圖，點上明亮的眼睛一樣。

「慕容氏過了一段蜜裡調油的日子，越發美得驚人，驚動了鄰里街坊。她穿的衣裳，戴的首飾，哪怕泡澡的花瓣，轉瞬便被全城女子競相模仿。

「趙公子當然愛她，可是總覺得心裡不踏實——這樣一個女子，容顏絕美，性情溫柔和善，一心一意地照顧他，似乎沒有任何缺點。他不知道要怎麼愛她，才能配得上她這般完美。」

臺下的人怔怔聽著，陷入沉思。

「很快，這無謂的煩惱便消失了，次年五月，石榴花綻放的季節，慕容氏有孕了。趙公子終於覺得心滿意足——飄在天上的妻子，總算像是踏入凡塵，即將為自己生下一個孩子。這個孩子有一半是他的骨血，脫離了他便無法造就，這是他和慕容氏愛情的證明。

「趙公子握著妻子的手，在桌前畫院外芭蕉。這個冬天她已身懷六甲，趙公子對她笑道，『此子是妳我心中期許，就叫做子期，好不好？』」

慕聲倒茶的手驟然一抖，茶壺蓋掉了下來，滾燙的茶水逕自從蓋口潑出，「嘩啦」一下澆在手上，手背的皮膚立即紅了一大片。

淩妙妙嚇了一跳，在一片蒸騰的熱氣中，急忙地將他的手拉離桌面，斥道，「你怎麼回事啊！」

他的眸中是深重的茫然，似乎完全沒有感到疼痛。

淩妙妙拽著他的手腕，逕自從席間起身，「出來。」

慕聲被她拉著走出大廳，疾步走到寂寂夜色下，迴廊幽暗冷清，與裡面的明亮熱鬧形成鮮明對比。

凌妙妙一路走一路左顧右盼，終於在不遠處看到個石砌的小水池，水池旁邊還靠著一隻木瓢。

「過來點。」她拉著他蹲下來，將他的手腕抓著，扯到水池邊，舀了一瓢冷水澆在他的手背上。

慕聲靜靜地看著她的側臉，凌妙妙專心致志地低著頭，額頭上有一層細密的汗水，髮鬢的綢帶有些散了，長長地垂在肩上。

他伸出左手，幫她將那綢帶拉了一下。凌妙妙回頭看他一眼，放下瓢，直接將他的手按進池子裡。

池子裡的水澄清透明，看得見底下絢麗的彩石和石縫間茂盛生長的蓬鬆水草，幾尾狹長的魚在水中警惕地來去穿梭，有幾條擦過他的手背。滑膩膩的，帶著韌性的觸感，他這才後知後覺地感受到一陣火辣辣的痛。

凌妙妙仍然保持著抓他手腕的姿勢，望著水面自顧自地笑了，「看，小魚來咬你了。」

他纖長的睫毛動了動，烏黑的眼珠凝望著她，看起來異常柔軟。

浸了一會，凌妙妙將他的手拉出來，拿到眼前細看。手背仍然通紅一片，好在沒有起水泡，她的指腹在上面小心翼翼摩挲了兩下，「疼嗎？」

「不疼。」他平淡地扯謊。

凌妙妙這才鬆了口氣，放手抹了一把頭上的汗，瞥著他，晶亮的杏子眼裡滿是嫌棄，「連個水也不會倒。」

她頓了頓，徵詢道，「回去吧？」

慕聲猛然抓著她的手腕，再次浸入池子裡，「手疼。」

凌妙妙心裡大概有數，他暫時不想繼續聽那個故事。她沒有再勸，盯著池子，「那你自己泡，拉我幹嘛？」

少年垂下的眼睫輕輕一動，「擋小魚。」

凌妙妙沒繃住，噗哧地笑了，潑了點水到他臉上。他沒有躲，只是閉一下眼睛，等攻擊過去後，立即用沾溼的臉頰去蹭她的臉。

兩人蹲在池子邊，潑著水玩，身影遮蔽了月光的影，池子裡的魚驚恐地四下穿梭。

大廳中，老頭收拾好東西，準備離開花折。他在繁華時來，給熱鬧再添一把火，隨即在一片熱鬧間抽身而退。

柳拂衣和慕瑤隨之起身，跟隨著走到外間，叫住了他。

穿著布片衣服的老頭意外地回過頭，拉近距離看，能見到他通紅鼻頭旁的皺紋，和掉牙而顯得有些乾癟的嘴，配合著一身簡陋豔麗的衣裳，顯得滑稽荒誕，只是個被生活蹉跎的民間藝人。

慕瑤的雙目澄清，隱隱流露著急切的情緒，「可以問問您的故事是從哪裡聽說的嗎？」

傳聞逸事加油添醋可以像模像樣，可是很多細節都是私密之事，他說得如此詳細，彷彿當時就身處其中一樣。老頭的眼裡流露出些微茫然和警惕。

柳拂衣上前一步，「我們並無惡意，在下柳拂衣……」

在民間混的，大都聽過柳拂衣和九玄收妖塔的威名，他惶恐地瞪大眼睛，「柳方士？」

柳拂衣的表情依然謙遜有禮，「別怕。我們捉妖人查案至此，在您這聽到了一些線索，有些不明白的地方，煩請解惑。」

老頭默了默，嘆了口氣，雙手合十，「小老靠這點口技吃飯，還請二位不要說出去呀。」

柳拂衣誠懇地應道，「那是當然。」

「小老原先是混跡市井茶坊的說書人，講些演義傳奇。十多年前，茶坊附近最有名的妓館突然失火，老闆榴娘死於非命，倖存的女子四下奔逃，花折就此倒了。

「有人從廢墟裡面挑揀出一些沒被燒毀的女子首飾，拿到市集上低價盜賣，賺些閒錢。我就是在那時買了一個精緻漂亮的妝奩，本想拿回去送給我家婆子用……」

他猶豫了一下，「誰知打開以後，無意中發現那匣子有個夾層，夾層裡裝了近百顆晶瑩剔透的珠子。我看著好奇，便捏起來看，一個沒拿穩，珠子摔在地上碎了，一段畫面便憑空入了我的腦海，彷彿我親歷這些事一般。」

慕瑤輕不可聞地一嘆，「是女人的淚珠。榴娘收姑娘入煙花之地，竟然還要收集她們苦楚的回憶。」她有些煩亂地捏了捏鼻梁，「這個榴娘，恐非凡物。」

柳拂衣沒說話，安慰似地捏捏她的手心。

「後來……花折換了老闆，改成普通酒樓。我便去碰碰運氣，將這些珠子裡的畫面稍加敘述，改編成故事，豈料大受歡迎……我也從老闆那裡拿了分成，日子過得比往常更好了。」

他的言語間有些歉意，彷彿知道消費逝者的悲慘過往是件不太正義的事，只不過芳魂已逝，無人追責。

「慕容氏的故事，可與其他人有所不同？」慕瑤追問。

本來她只當普通故事在聽，直到聽到「妳我期許，名之子期」，她驟然大驚，發覺恰巧讓他們趕上的這一段，並非偶然。

「不瞞二位，這慕容氏的珠子，與其他女子都不同……」老頭面露惶恐之色，「唯她一人的珠子，是血紅色的……」

帝姬提著食盒踏出殿門，裙襬上繡著閃閃發光的金線，腳步輕而慢，高貴優雅。

「殿下又去給太妃娘娘送飯了？」侍衛出了聲，有些緊張地向端陽搭話。

傳聞帝姬飛揚跋扈，嬌縱任性，但這幾日看來，似乎並非如此——她身上甚至有一種異常柔婉的……女人味，總是不經意地吸引旁人的視線。

這幾天，帝姬每天帶著精巧的糕點進去探望趙太妃，想來孝順得很。

帝姬微微側頭，眸中天真良善，又帶著不可褻瀆的慵懶優雅，平和溫軟地應道，「是啊，母妃想本宮，本宮也思念母妃。」

跟她搭話的侍衛面頰微紅，低頭避諱，不再言語。站在她背後的那名侍衛卻暗自皺了皺眉——帝姬華麗精緻的粉紅色後襬上，濺了點點發黑的汙漬。

那是什麼東西？他心裡暗想，乍看還以為是血跡。

「殿下！」身後追出來一個氣喘吁吁的人。老內監一頭白髮散亂，銀絲在陽光下閃著光，滿臉褶皺，面容浮腫而瘦骨嶙峋，肩膀竟連官服也撐不起來了，看起來老態龍鍾。

「徐公公？」兩名侍衛嚇了一跳，異口同聲道。

老人的呼吸像是拉風箱般費力，死死看著端陽，一滴渾濁的淚，順著他溝壑縱橫的臉流下來，似乎是憋了許久，才鼓起勇氣，「殿下，您怎麼能……怎麼能這樣對待太妃娘娘呢？」

「你說什麼，本宮聽不懂。」帝姬提著食盒，向著門前的侍衛靠近一步，高貴而柔弱，像是匣子裡易碎的夜明珠，需要費心呵護。

侍衛腰上的配劍「唰啦」一動，出言提醒，「徐公公，不得對殿下無禮。」

「您……您……」徐公公的手指顫顫巍巍地指向帝姬，語氣沉痛，「殿下！烏鴉反哺，羔羊跪乳，即便娘娘有再多的錯處，到底也是親生母親，您怎麼能……」

帝姬的紅唇微不可察地微微一翹，抬起眼來，眼中帶著一點憐憫的笑意，「以下犯上……」

朱唇輕啟，眼中一點點結了冰，輕飄飄道，「誅。」

吐出這個音節時，她的唇形溫柔，彷彿是個纏綿的親吻。侍衛的手猶豫地放在刀柄上，心驚膽戰地看著帝姬的臉。

「不必，老奴服侍娘娘一輩子……」徐公公發出幾聲乾啞的笑，語尾未落，他含著熱淚，「砰」地撞在殿門前的柱子上，熱血四濺。

侍衛的手一抖，一絲冷意爬上了脊梁骨。

帝姬聽見這頭骨碎裂的聲響，動也未動，提著食盒走了兩步，又旋過身，雙眸純真又嬌媚，「本宮明天還會來給母妃送飯。」

「阿聲不是妳的親弟弟？」柳拂衣陷入了短暫的茫然。世界上同名同姓的人之多，他當時沒有那麼震驚，直到現在才明白慕瑤為何堅持追了出來。

慕容氏的故事複雜，說書人拆成了四折，明天、後天便能講完。他今日急著回家給婆子熬藥，他們便讓那惶恐的說書人先行。說書人走後，慕瑤才驟然吐出這個驚天祕密。

他細細思量，只覺得一陣冷意盤桓心頭，「瑤兒，妳仔細告訴我，阿聲的身世究竟為何？」

「我聽爹娘說，阿聲是三歲上被他們從妖怪窩裡撿來的，父母至親皆已不在。」

柳拂衣交握著手指一聲不響，他只在遇到棘手的問題時，才會做出這樣的動作。

他沉吟半晌，「……這事情，妳為什麼從未跟我提起？」

慕瑤的眼裡含了一點憂愁的水色，在月色下亮閃閃的，「我非但沒跟你說過，外頭的人誰也不知道——我從小將阿聲當做親弟弟養，也不想讓他在外面看別人臉色。後來家裡出了事，我每天焦頭爛額，也顧不上想這件事。」

柳拂衣沉默半晌，安慰地攬住了她的肩膀，「若是不介意，就把還知道的都說出來，我幫妳想辦法。」

慕瑤靠在他的懷裡，頓了頓，「你記得阿聲頭上的那條髮帶嗎？」

「嗯。」

她的眼中微有茫然，「小時候，有一日娘把我叫到房間。當時阿聲還小，坐在椅子上，腳都碰不到地。我依稀記得——那時他的頭髮是披在肩上的，眉眼又柔，看起來像個小女孩。」

「嗯。」柳拂衣輕拍著她的手背。

「娘從匣子裡取出一條髮帶，當著我的面，把阿聲的頭髮紮起來，紮得很慢。梳好頭以後，她就開始咳嗽，咳了好一陣，才扶著阿聲的肩膀，對他說，『無論如何，這條髮帶都不能摘下來，知道了嗎？』」

柳拂衣皺了皺眉，「這髮帶……」

「我只知道那不是普通的髮帶，紮上以後，除非他自己摘，否則便不會掉下來。」

「然後呢？」

「然後……」她用力回憶著，眉頭深深蹙起，「然後，娘把阿聲牽過來，對著我說，『瑤兒要看著弟弟，不能讓他把髮帶摘下來』，還要我對著那面刻著慕家家訓的牆立誓。

「在那面牆之前立下的誓言，終身不能有違，我一直印象深刻。後來待阿聲與我親近些後，便要他答應我決不取下髮帶，這麼多年一直耳提面命……」

柳拂衣嘆了口氣，「妳就沒有問過妳娘嗎？那條髮帶到底做什麼用的，為什麼不能卸下來？」

「娘對我說過，阿聲被救出來之前，遭妖物注入了妖力，並非普通孩童，性格也比旁人更加偏激。要多加引導，否則易行差走偏，必須切記。」

柳拂衣頓了頓，「那就是約束、規範的意思了？」

慕瑤點點頭，想起那個月夜，慕聲在她面前露出爪牙，心中一陣冰涼，「到底是我這個姐姐沒做好。」

柳拂衣搖搖頭，定了一下神，又搖頭，「不對。」

慕瑤扭頭看他，眸中疑惑。

「妳再想想，從阿聲小時候開始，到現在。」

慕瑤順著他的話回想，從他初入慕家，紮上髮帶，長大陪她歷練，被旁人輕侮，到『她』暴露身分的那個夜晚……

那個夜晚……

「我怎麼……怎麼有些事情，想不起來？」她茫然地扶住太陽穴，眸中罕見地閃現出驚懼的神色。

她很少有時間和機會去完完整整地回想童年生活，展開的記憶如同連續的長卷，她赫然發現，中間有好幾塊竟然是空白的。

就連慕聲什麼時候有了表字「子期」，為什麼叫「慕聲」……他七歲以前的畫面，慕瑤都毫無印象。似乎最早的記憶，就是母親在鏡子前為小男孩紮上髮帶的那一刻。

慕聲和「她」的交集……更是混沌一片。

這麼多年來，她為什麼會下意識地覺得，一切順理成章，本該如此？

宅子庭園中嶙峋的假山背處，僻靜得連枝頭鳥鳴都聽不清晰。山石的凹腳還留有上次下雨未乾的積水，在不平的地面聚集了小小的水窪，黏著不知何時落下的枯葉。

微風吹來，峭壁上斜生的松樹枝葉晃動，乾枯的松針下雨般撒落到淩妙妙的肩上。她縮了縮脖子，有幾根還是掉進了衣領。她徒然拉了幾下，只好放棄，忍著不舒服抬起頭，「柳大哥，你剛才說什麼？」

柳拂衣寬大的衣袖擋住稀薄得可憐的陽光，臉色反常的嚴肅，甚至連面對她時慣有的那種放鬆的笑意都收了起來，「妙妙，昨天那段故事，妳怎麼看？」

淩妙妙的眼睛一眨，「什麼故事啊？」

柳拂衣看她半晌，似乎沒時間拐彎抹角了，直截了當道，「我和瑤兒懷疑，阿聲的身世有問題。」

晌午一過，淩妙妙正要出門逛逛，一隻腳才剛踏出房門，便被柳拂衣攔住。把她拉到假山背後，擺明是要說些不能為他人所知的祕密。

雖說是青天白日，但她對這種偏僻的地方還是有些意見，本想提議換個地方，但柳拂衣這句話一出，她便把這件事忘了。

凌妙妙滿臉複雜地看著柳拂衣，黑蓮花的身世問題……終於被這兩個遲鈍的人察覺了。

在原著裡，男女主角一生的心思都放在除魔衛道上。慕聲從出場到退場，都沒有就這個問題有所描寫，帶著誰也不知道的祕密，奔向了倉促的結尾。

而弄清這個祕密的前因後果，正是她的支線任務之一，兩塊回憶碎片和幾場似是而非的感知夢，都是在引導她慢慢解開這個謎團。

現在慕聲沒有黑化，依舊是隊伍裡不可或缺的一分子，主角一行人查案的重心也慢慢偏移了。

「柳大哥是說，慕聲就是故事裡那慕容氏和趙公子的孩子？」

柳拂衣滿臉鬱結，生怕她覺得荒誕，盡力試探著，「妳覺得呢？」

凌妙妙點點頭，「我相信啊。」

別的不說，慕聲生母的樣貌，主角一行人裡唯有她親眼見過。那說書老頭的形容再精妙不過——短一分則寡淡，多一分則妖豔，她就是那個恰到好處，渾然天成。

柳拂衣看著她，半晌才錯愕道，「妙妙的膽子……果真是大。」

「柳大哥，就算他是那慕容氏的孩子——又礙著誰什麼了？你這麼緊張做什麼？」她坦然地望著柳拂衣的臉，頓了頓，「那慕容氏是什麼來頭？」

「她的身分……」柳拂衣棘手地捏了捏鼻梁，「我有所懷疑，但暫且不能確定。奇怪的是，瑤兒發現她對阿聲的記憶是紊亂的，不記得很多事情。」

妙妙沉默了片刻，「這不奇怪，慕聲的記憶也是紊亂的。他只記得自己有個親娘，其餘都想不起來。」

柳拂衣陷入深深的思索，自言自語起來，「是忘憂咒嗎？可是又不像……怎麼可能兩個人同時出了問題……」

妙妙見他眉間的「川」字深得像刀刻出來似的，扭著手指開玩笑，「柳大哥別愁啦，世上的巧合之多，說不定是房梁塌了，他們姐弟都被砸到；或者是整棟屋子被捲進水裡，他們都被浪頭拍昏了；又或者是有什麼慕家人打不過的人物，打了他們倆的腦袋——」

柳拂衣並沒有笑，他的眉頭緊蹙，渾似沒聽進去。半晌，才輕輕道，「妙妙，事情比妳想的……略微複雜一些。妳得再去問問，讓他鉅細靡遺地回憶一遍從小時候到現在究竟忘了些什麼，記下來給我看看。」

她遲疑了片刻，柳拂衣鼓勵地拍拍她的肩，眸中似有掩藏的憂慮之色，「阿聲現在防備心很重，不相信我和瑤兒是護著他的。同樣的話，他只聽妳的。」

妙妙頓了頓，還沒張口，突然「啪嗒」一聲輕響，柳拂衣的臉色一變，放在她肩上的手閃電般收回。

那迎面飛來的尖銳石子像是顆凶戾的流彈，狠狠打在他手腕的麻筋上。他半隻手臂瞬間沒了知覺，低呼一聲握住手腕，錯愕地看向妙妙身後。

淩妙妙一回頭，身後的少年抿著唇，髮帶在空中飛舞。他望著柳拂衣的眼神裡帶著嫉妒的殺氣，怒火點燃了他漆黑的雙眸，像是某種閃爍著冷光的玉石。

「柳公子，」他的眸子慢慢轉到淩妙妙身上，染上一絲複雜的纏綿，只是語氣仍然是輕飄飄、冷颼颼的，「別人的妻子，不可以隨便亂碰。」

柳拂衣抓著手腕，張口結舌，百口莫辯。

慕聲低眸，濃密的睫毛向下一壓，便顯露出溫柔無害的模樣，伸出手，「妙妙，出來太久了，回去吧。」

淩妙妙沒去牽他的手，如果此刻身上的衣服有口袋，她恨不得雙手都插進去。她壓低聲音道，「好好說話。」

慕聲置若罔聞，逕自抓住她的手腕，強行拉著她走。眸中流淌著深沉的夜色，語氣比剛才還要耐心，「乖，回去了。」

淩妙妙想掙脫他的手，但被抓得緊緊的，簡直像是囚徒腕上的鎖鍊，驟然讓她感覺像是回到了「做娃娃」的那段日子。

二人拉拉扯扯地走過庭院，經過慕瑤身邊，把她嚇了一跳，轉向跟上來的柳拂衣，「這是怎麼了？」

語尾未落，淒妙妙一聲低呼。慕瑤一回頭，發現慕聲強行將人攔腰抱起，不顧她的掙扎，拿腳頂開房門抱進了屋裡。

「匡當——」門在她眼前毫不留情地關上了。

柳拂衣揉著手腕，哄道，「別看了，沒事。」

慕瑤拉著柳拂衣的袖子，罕見地憋得臉頰發紅，語速也比平時快了一倍，「什麼叫沒事？你快去……快去聽一下他們在說什麼？」

柳拂衣望著她，那神情說不上是詫異還是調侃，「人家小夫妻關門說悄悄話，我怎好去聽？」

他凝眸望著慕瑤，覺得她滿臉緊張的模樣說不出的生動，眼裡帶了點促狹的笑意，「要不——妳去？」

慕瑤瞪著他，一跺腳，手一放直奔窗口而去。

半晌，沒聽見人聲，只聽得到一點「喀喀吱吱」的輕響，聽得她心裡發毛。

她心裡不受控制地浮現出她的好弟弟磨刀霍霍的畫面，正在猶豫要不要將那窗戶戳個窟窿，或是直接破門而入。

身旁一陣松風撲面而來，柳拂衣也跟著她來到窗邊，笑道，「妳還真聽。」

她面上驟然飛紅，還沒想好怎麼反駁，身子驟然一輕。她驚呼一聲，又怒又惱地捶他的肩膀，卻不敢大聲，「拂衣！放我下來……」

「看見阿聲看妙妙的眼神了嗎？妳做姐姐的，別管得太多，瞎操心。」

他抱著懷裡掙扎的女子，青絲上散落著陽光，慢悠悠地往回走，「天氣真好，咱們也抱回去。」

「喀吱喀吱——」

窗框受了力，被緩緩推開條縫，轉軸發出拉長的喑啞響聲。

妙妙整個人被慕聲死死壓在窗邊親吻，一絲細細的風從窗縫吹進來，灌入她的脖頸。

他終於離開她的唇，放她喘一口氣。妙妙從窒息的邊緣回來，腳踩上地面的瞬間，雙腿一軟，牙齦像是咬了冰塊般酸軟，險些跪倒在地上。

他就站在她面前，好整以暇地接住，順勢一摟將人抱進懷裡。

淩妙妙將他推開，只是那推也沒什麼力氣。她的臉頰通紅，眸中泛著水光，身體有些發抖，不知是因為憤怒還是羞惱，「你走開……」

慕聲抱著她不放，手指捲著她的頭髮吻了一下，眸中漆黑，「我錯了。」

淩妙妙推開他，仔細觀察他的模樣，心裡一涼。

這黑化一半的人，那黑暗面始終存在，蠢蠢欲動，一旦情緒到達臨界點，便在失控的邊緣。

「你要是真的生氣，就跟我吵架啊！」淩妙妙語無倫次，嘴唇還在隱隱發痛，她拿手背碰了碰，「這又算什麼？」

慕聲發洩情緒總是隱忍迂回，再驟然爆發，沒有一樣反應是正常的。

「可我捨不得跟妳吵架……」他又貼上來，順著她的頭髮，「我只想要……妳。」中間低下去的部分淩妙妙沒聽清，皺起眉頭，「嗯？」

慕聲低眸望她，眸中帶著一點笑意，「我現在不生氣了。」

淩妙妙氣到笑了，「我很生氣，你快把我氣死了。」

「所以妳不要讓我嫉妒……」

「你別想太多了。」淩妙妙打斷，黑白分明的眼嚴肅地望著他，輕道，「我和柳大哥在大白天正常對話，沒有犯清規戒律。」

慕聲凝眸望著她，「他跟妳說了什麼？」

「說……」她哽了一下，想起對話內容，覺得有些棘手，「這個……不能告訴你。」

他的眼眸一暗，語氣帶著涼意，「妳心裡就這樣念著柳拂衣嗎？」

淩妙妙頭皮發麻，擺著手警告，「別、別提這個。」

「我偏要提。」他的嘴角翹起，眸中的情緒顯見地不穩，整個人也脫離掌控，「妳是不是恨不得我死了，再去嫁給柳拂衣，嗯？」

她只得保持沉默，慍怒地瞪著他。

「妙妙，讓妳失望了，我輕易死不了的。」少年的指尖微微顫抖，面上仍然笑得像明媚的迎春花，「妳還喜歡那該死的柳拂衣嗎？」

淩妙妙嚇得後背一涼，一把扣住他的手腕，生怕他下一秒就付諸行動，語速飛快，「你要是敢傷柳大哥性命，我記他一輩子，恨你一輩子，聽到沒有……」

他一怔，望著她的眸中似有黑雲翻滾，旋即點了點頭，「好。」

他垂下眸子，掩住了眼中的危險神色，「那妳以後可以不跟他說話嗎？」

「那不可能。」淩妙妙望著他，「我要跟誰說話，那是我的自由，你怎麼管得比我爹還多？」

「誰都可以，他不行。」他抬眼望著她，漆黑瞳仁在睫毛掩映下那樣的亮，「好嗎？」

「不行。」淩妙妙的火也被激了起來，一動也不動地與他對視，「你管天管地，也管不到這個份上。」

他沉默片刻，漆黑眼眸溫柔地凝望著她，「我好想把妳綁在我旁邊，讓妳哪裡都去不了。」

淩妙妙再度被氣到笑了，「你試試看啊。」

十分鐘後。

「慕聲，你給我放開……」

少女以一種奇怪的姿勢坐在椅子上，臉色反常的紅。再仔細看去，她的雙手被收妖柄反剪背在身後，身子被一指寬的長長綢帶縛在椅子上。

妙妙先前還劇烈地掙扎，結果發現他綁得極妙，看上去不太牢，實際上不僅不會被掙鬆，反而弄得她衣衫凌亂。她動一下，他的眼神就暗一分。

妙妙不敢動了，手指在背後蜷了蜷，碰到套在腕上的收妖柄，內心咬牙切齒。真想不到，收妖柄還有此妙用呢。

慕聲坐在她旁邊，手裡握著把匕首，垂眸為她削蘋果，削得細緻耐心。

「你現在就算是削一萬隻兔子也沒用。」淩妙妙冷眼盯著他的手，「快點放開我。」

他的手指一頓，兔子耳朵「啪」地削斷了。他停下來，將斷掉的耳朵小心地搭在切口上，垂眼望著它，半晌才道，「妙妙，它也很疼。」

「疼?」淩妙妙沒聽出言外之意，冷笑一聲，「又不是我把它的耳朵削掉的……」

她覺得自己被帶離了題，望著慕聲的臉，杏子眼中滿是惱意，跺了跺腳，「你不能這樣捆著我，快點給我鬆開。」

少年無聲地將兔子拿起來，餵到她的嘴邊，柔和地問，「吃嗎？」

「不吃，你拿開！」凌妙妙對著兔子發火，又覺得氣不過，就著他的手朝兔子屁股狠狠咬了一大口，邊用力咬邊委屈地罵，「你有病。」

慕聲捏著蘋果，黑眸一眨也不眨地望著，將她的所有表情收進眼底，在心底喟嘆。

她這模樣……真是可愛極了。

凌妙妙吃完蘋果，冷靜了一會，放低聲音，「子期，你放開我，有話好好說。」

他臉上的危險之色還沒褪去，眉梢眼角顯出些豔色，睫毛低垂的模樣，像一朵帶毒的妖花，「就這樣說。」

「這樣怎麼說？」凌妙妙跺著腳瞪他，氣得七竅生煙。憋了半晌，嚴肅地喊出一句控訴，「你……你不尊重人！」不單不尊重她，還不尊重整個女性群體，靠力量優勢制服她，算什麼人啊！

慕聲望著她，眸中偏執的依戀如同濃稠的夜色。他傾身，虔誠地碰了碰她的嘴唇，語氣纏綿悱惻，又像是在撒嬌，「我愛妳。」

妙妙張開嘴，啞口無言。

時間一分一秒過去。

「你想綁我到什麼時候？」她都說得有些啞了，清了清嗓子，語氣有些飄忽，尾音裡帶著幾絲委屈，聽起來像是在撒嬌，「我的胳膊要斷了……」

慕聲驟然抬眸，飛速地收了收妖柄。

凌妙妙的雙手驟然解放，尚未來得及收回來，他已經順著她的手臂極其柔和地按了按，沿著血管的脈絡揉了幾下，仰頭看她，「還疼嗎？」

凌妙妙搖搖頭，滿臉希冀地看著他。見他只是卸了反剪她手腕的收妖柄，毫無解開綢帶的意思，表情迅速垮了下去，氣鼓鼓道，「疼。」

他眸中一凝，憐惜一閃而過，「我再幫妳按按。」他捏著她的肘關節，耐心地揉了十分鐘，問，「好點了嗎？」

他仰頭看人的時候，瞳仁和上仰的角度恰到好處，藏起所有的爪牙，只剩單純無辜的美，讓人恨得牙癢癢。

凌妙妙咬著唇，無力地靠在椅背上，望著頭頂的房梁，「我想喝水。」

他頓了頓，隨即將茶盞送到她唇邊。

妙妙就像籠裡的小鳥，就著主人的手臂啄幾滴甘泉，差點憋成一隻火鳥，在他手心裡抓狂。

妙妙故意將他使喚來使喚去，繞著小小一間房來回跑了一刻鐘，他依然沒有不耐煩，反而越加興致高昂。而且她語氣越軟，他越耐心溫柔，眸中的光芒越盛，幾乎到灼熱的程度。

凌妙妙頹然地靠在椅背上想，她大概明白能怎麼脫身了。

哭一下興許可以，黑蓮花最怕她的眼淚，彷彿流下來的不是水，是滾燙的岩漿。而且不能是那種大義凜然的哭，而是要楚楚可憐、梨花帶雨，撒著嬌求著他的哭。

妙妙閃動著杏子眼，冷靜地望著少年的側臉，無聲地起了一背的雞皮疙瘩。

「等下輩子吧。」她氣急敗壞地想。

兩人都沒察覺，臨近的牆角流出了幾塊黃色的水漬，如同隱形巨人飛簷走壁的腳印，一步又一步。

又過了十分鐘，妙妙有些坐不住了，「子期……」

慕聲抬眸，「嗯？」

她頰上不受控制地浮上緋紅顏色，躊躇了一下，鼓足勇氣，儘量使自己顯得高傲而漠然，「我想小解。」

少年沉默了片刻。片刻之後，他果然向她走來，俯身要抽掉她身上的綢帶。凌妙妙還沒來得及竊喜，便聽見他平靜地在她耳邊道，「我抱妳去。」

她眼中的雀躍驟然變成滔天憤怒，往後縮去，「我不想去了，你走，快走！」

慕聲撤手，漆黑的眼珠無辜地望著她，似乎有些不知所措。

淩妙妙扭過頭不理他，手指煩躁地撥弄著裙襬，心裡後悔極了。早知剛才就不該喝那麼多水。

耳邊細細一絲風吹來，倏忽一股熟悉的腐臭味撲面而來，驟然吸進肺裡，灼得鼻子都痛了。

隨即是「匡噹」一聲巨響，妙妙驚異地回頭。一股黑雲形成一堵牆，幾乎要撐開屋頂，黑雲裡伸出一雙手來，正死死掐著慕聲的脖子。

淩妙妙的足下一熱，地上不知從哪來了一層薄薄的水，拖在地上的裙角浸溼了一圈。

少年的身影在黑雲之下若隱若現，臉色發紅，額角的青筋暴起，還沒來得及發出聲音。

「小笙兒，喝了你這麼多血，真捨不得殺你呢。」

那聲音咬牙切齒地響起來。水鬼凝聚了這些日子積蓄的全部力量，非但體型膨大數倍，連聲音也變得粗啞起來，聽起來越發貼近宛江船上鬼王雌雄莫辨的聲音。

小打小鬧的騷擾，水鬼終於玩夠了。她銘記著血海深仇，這次是猝不及防、出手怨毒，一舉便要致對方於死地的偷襲。不擇手段，非要他死不可。

凌妙妙的背上出了一層冷汗，寒意順著脊梁骨爬上。

桌上那收妖柄明晃晃地放著，剛才他為了綁她卸下來，還沒來得及套回去。

慕聲的收妖柄，一只在她的手腕上，一只擱在桌上。他此刻空手接白刃，連個武器都沒有……

少年的臉上掛著淡漠的挑釁之色，任憑水鬼掐著，在難以脫身的攻擊中艱難地伸出一隻手。手指相碰，「砰——」地炸出一朵橘黃色的火花，卻不是朝著水鬼的臉，而是越過妙妙，逕自朝著遠方去。

「砰。」火花精准地落在綢帶的繩結上，連妙妙的衣服都沒碰到，縛得緊緊的綢帶瞬間便滑落了。

凌妙妙驟然脫困，扶著桌子，從椅子上站起來。那火花炸了一下還沒結束，從她身上滾落到地面，在地上連續炸了四五下，一直炸到門口，好似一個焦急的小精靈，著急地引她出門。

凌妙妙愣了一下，抬頭望去，慕聲沒在看她，也沒能發出聲音。

剛才那個任性的火花，令他錯失自衛的良機，整個人被黑雲壓到了牆角，連炸火花的餘力都沒有了。在這種索命的攻擊中，只能徒手拉住水鬼掐他脖子的手，單憑肌肉的力量與妖物抗衡。

他的雙手因用力而有些顫抖，臉上還掛著漠然的笑容。只是嘴唇血色褪盡，額角青筋暴起，顯見已經被弄得眸光有些渙散了。

都這樣了，還逞強什麼？妙妙頓了頓，渾身的血液都往頭上冒，只覺得頭重腳輕，拿起桌上的收妖柄，毫不猶豫地砸過去。

收妖柄「砰」地打散了一片黑雲，幾塊森白的骨頭伴隨著水花「嘩啦啦」地落在地上。收妖柄在空中囂張地飛舞起來。只有一只還不夠，她冷靜而盛怒地往黑雲深處走，拿下手腕上另一只收妖柄，也砸了過去。

黑雲斜壓，勁風猛地掃在她的臉上，像是誰打了她耳光。

她感到耳根火辣辣地痛，背後瞬間冒了一層熱汗，但沒有停下腳步，在這三四秒的時間裡摸遍全身，掏出了來這個世界後積攢下來的所有符紙。

這其中有柳拂衣送她的，慕瑤送她的，還有慕聲原先留下來的，足有磚頭厚的一大疊。

她不分門別類，對著水鬼的臉，五張五張地扔出，像是對著靶子在遠處狠狠射飛鏢。「啪啪、啪啪、啪啪」那靶子鈍得很，若是射得不夠用力，就要脫靶了。

她甩得越來越快，手臂很快便失去了知覺，像個不知疲倦的機器，劇烈跳動的心臟則是核心的引擎，源源不斷地輸送著可怕的能量。

手上捏著的符紙肉眼可見地迅速變薄，兩只收妖柄在黑雲中穿梭來去。水鬼躁動得越來越厲害，桌上的花瓶被掃到地上，茶盞碎了一地。淩妙妙半邊身子都被飛濺的水漬打溼了，但還在堅持地向前走，嘴裡飛速地念著口訣。從頭到尾，反反覆覆，幾乎是對著水鬼的臉不住地扔符紙。

心臟發瘋似地狂跳著，手、腳步和嘴，她都不敢停。彷彿一停下來，他們兩個就會再無翻身之力。她扔出了最後一張符紙，幾乎是隔著黑雲站到了慕聲面前。

與此同時，水鬼發出了一聲尖利的長嘯，門窗共振起來，黑雲亂舞，如同一個被烈火焚燒的女人，發出扭曲的吶喊，旋即——「嘩啦」一聲，水漬下雨般淋了淩妙妙滿頭。

她閉眼抹掉一把水，再睜眼的時候，黑雲已經煙消雲散。

一顆白森森的頭骨滾落到地上，裸露的牙齒枕著滿地水漬，空洞洞的眼眶斜對著地面，似乎在不甘地望著塵世。

收妖柄飛回慕聲手上，少年倒退幾步才接穩。臉上還沒有回過血色，黑眸如墨玉，怔怔地望著眼前的人。

少女的額髮溼透，兩頰發紅，一雙眸子亮得似灼灼星火，安靜地盯著他，氣喘吁吁地冷哼，「不用謝我，我很早以前就想打死她了。」

手臂一放下來，瞬間痠軟得抬不起來。她的額頭上冒著一層冷汗，伸手托住前臂。

「妙妙……」慕聲一步邁過去，伸手拉住她柔軟的手臂，顫抖著手檢查。他幾乎不敢相信，剛才她在那麼短的時間裡，連續不斷地扔了一百多張符紙。

是……為了他嗎？一陣恍惚，一種慌亂的狂喜，伴隨著極近負罪的憐惜將他淹沒。他將溼淋淋的妙妙摟進懷裡，全然不顧她的衣服將他胸前也打溼一片。

他就像充了氣的氣球，只要她伸手輕輕一戳，便會瞬間漏氣打回原型。他近乎蠻橫地抱著，將下巴抵在她的髮頂，身子在微微發抖。

這樣緊緊貼著她，才讓他覺得好受一點。

妙妙的臉頰紅撲撲的，赧然掙開他，忍著手臂的痠，扭頭著急地跑掉了，「我想小解……」

——《黑蓮花攻略手冊 參》完

高寶書版集團
gobooks.com.tw

**輕世代 FW365**
**黑蓮花攻略手冊 參**

作　　者　白羽摘雕弓
繪　　者　九品
編　　輯　薛怡冠
校　　對　林雨欣
美術編輯　林鈞儀
排　　版　彭立瑋
企　　劃　黃子晏

發 行 人　朱凱蕾
出　　版　三日月書版股份有限公司
　　　　　Printed in Taiwan
地　　址　臺北市內湖區洲子街88號3樓
網　　址　www.gobooks.com.tw
電　　話　(02) 27992788
電　　郵　readers@gobooks.com.tw（讀者服務部）
傳　　真　出版部　(02) 27990909　行銷部 (02) 27993088
郵政劃撥　50404557
戶　　名　三日月書版股份有限公司
發　　行　英屬維京群島商高寶國際有限公司台灣分公司
　　　　　Global Group Holdings, Ltd.
初版日期　2021年8月
三刷日期　2022年3月
本著作物由北京晉江原創網絡科技有限公司授權出版

國家圖書館出版品預行編目(CIP)資料

黑蓮花攻略手冊/白羽摘雕弓著.-- 初版. -- 臺北市
:三日月書版股份有限公司出版:英屬維京群島高
寶國際有限公司臺灣分公司發行, 2021.08-
面； 公分. --

ISBN 978-986-06564-9-7(第3冊：平裝)

857.7　　110006379

三日月書版

GOBOOKS
& SITAK
GROUP©